DAS TOR ZUR VERGANGENHEIT

* * * * * *

GEHEIMNISSE DES BIRD CAGE THEATERS

MANUELA SCHNEIDER

WOLFPACK
PUBLISHING
— EST 2018 —

WOLFPACK
PUBLISHING
— EST 2013 —

Das Tor Zur Vergangenheit

Veröffentlicht in den Vereinigten Staaten von
Wolfpack Publishing Verlag, Las Vegas.

Wolfpack Publishing
5130 S. Fort Apache Rd. 215-380
Las Vegas, NV 89148
wolfpackpublishing.com

Taschenuch ISBN: 978-1-64734-588-4
eBook ISBN: 978-1-64734-587-7

DAS TOR ZUR VERGANGENHEIT

******

DANKSAGUNG

***

Cheryl Leavere Honeycutt

Cheryl hat mich mit ihrer aufgeschlossenen, ehrgeizigen Persönlichkeit dazu inspiriert, die Figur der Cheryl Roberts in diesem Buch zu kreieren. Cheryl ist eine richtige Power Lady und eine große Stütze der Gemeinde Tombstone.

Ich möchte den folgenden Leuten danken, die dieses Buch möglich gemacht haben:

Mike Bray und Wolfpack Publishing. Danke, dass ihr an mich glaubt.

Sina Sutterer, eine wunderbare Freundin und Prüfleserin, die jahrelang meine Reisen zuverlässig betreut hat.

Die Stadt Tombstone und deren Einwohner für unendlich viel Western Inspiration.

KAPITEL EINS

***

Lisa trat vor die Türe auf den verwitterten Holzgehweg. Die Stadt war ruhig und die Allen Street leer. Sie zündete sich eine Zigarette mit dem Zipo Feuerzeug an, dass ihr Freund ihr zum Geburtstag geschenkt hatte. Sie lächelte bei dem Gedanken daran und steckte das Feuerzeug wieder in ihre rote Handtasche.

Die müde Frau blieb noch ein wenig vor dem Saloon stehen, rauchte ein paar Züge weiter und versuchte sich von ihrer Schicht als Kellnerin zu erholen. Sie drehte sich nach rechts und lief schließlich langsam an den geschlossenen Läden und Saloons vorbei Richtung Parkplatz hinter dem kleinen Hügel am oberen Ende der Allen Street. Ihre Stiefel produzierten ein dumpfes Stakkato auf den hölzernen Planken des Gehwegs.

Es war ein herkömmlicher Wochentag und der Saloon hatte mangels zahlender Gäste früher geschlossen. Es hatte heute Abend auch keine live Musik gegeben. Big Nose Kate's war einer der bekanntesten Treffpunkte im ganzen Südwesten, aber der Saloon war definitiv nicht so stark frequentiert in letzter Zeit.

Eigentlich wirkte die gesamte Stadt seit Monaten wie ausgestorben. Zumindest wenn man die Touristenzahlen mit denen vor ein paar Jahren verglich. Die Geschäftsbesitzer beklagten sich fast täglich über die fehlenden Touristen in den letzten Monaten. Und wie es so üblich war, schob jeder jedem die Schuld dafür zu, dass die Wirtschaft schwach war und das laufende Geschäftsjahr alles andere als vielversprechend.

Tombstone unterschied sich nicht von den restlichen Kleinstädten des Landes, wenn es um Politik ging. Die Westernstadt war abhängig von ihren Besuchern und deren wertvollen Dollar.

Eins war sicher, die Gäste aller Bundesstaaten waren geizig geworden in letzter Zeit und zeigten nicht viel Enthusiasmus, wenn es darum ging, ihr Cash in der Stadt auszugeben. Zumindest war es nicht mehr so, wie noch vor ein paar Jahren. Die Leute wollten nicht einmal mehr die Eintrittsgelder für die verschiedenen Wild West Shows oder Museen zahlen und auch in den Souvenirläden ließ die Kaufkraft zu wünschen übrig. Die Anzahl der Gäste nahm stetig ab.

Bislang betonte der Bürgermeister der Stadt immer noch, dass Tombstone jedes Jahr 1.5 Millionen Besucher anlockte, aber es sah definitiv in letzter Zeit nicht wirklich danach aus.

Lisa und auch andere in der Stadt hatten so ihre Zweifel an dieser Zahl und hielten mit dieser Meinung auch öffentlich nicht hinterm Berg.

„Nun, ich kann die Situation dieser Gemeinde bestimmt heute Nacht nicht ändern, also mache ich mich besser auf den Weg", murmelte sie, während sie an der Zigarette ziehend zu ihrem Auto lief.

Lisas Arbeitskollegen wussten, wie sehr sie langwei-

lige Abendschichten mit wenig Gästen hasste. Was sie
noch mehr verärgerte, war das lausige Trinkgeld, welches
aus der niedrigen Gästezahl resultierte. Heute Abend war
ihr die Schicht unendlich und schleppend vorgekommen,
genau wie für den Rest der Crew. Es waren wie immer
die üblichen Tombstone Stammgäste da gewesen. Sie
hatte sich nicht einmal die Mühe gemacht den Leuten an
der Bar zuzuhören.

Die hübsche Kellnerin blieb stehen, zog ein letztes
Mal an ihrer Zigarette und hinterließ dabei eine Spur ihres
blutroten Lippenstiftes auf dem Filter. Kleine Funken
glühten an der Spitze auf, als sie den Rest der Kippe auf
die Straße warf.

Ein Jahr zuvor hatte man LKW-Ladung um LKW-Ladung groben, roten Sand auf die Allen Street gekippt, um
dem Straßenzug ein authentischeres Erscheinungsbild zu
geben. Man hatte wohl nicht an den Wind oder etwaigen
Starkregen während des Monsuns gedacht. Dann sorgte
der Sand nämlich für Schmutz, Staub und mehr Ärger als
Western Atmosphäre.

Es war ihr nicht bewusst, dass sie direkt vor dem Bird
Cage Theater, dessen dunkle Fenster sie wie kalte Augen
anstarrten, stand. Eine plötzliche, kalte Brise berührte sie
an der Wange und sie zitterte. Lisa schaute vorsichtig
zurück auf die Fassade des Gebäudes. Sie hatte einmal
ihrem Freund gesagt, dass sie das Bird Cage Theater nicht
mochte. Ihrer Meinung nach war es der unheimlichste Ort
der gesamten Stadt.

Irgendetwas war an dem Gebäude dran, dass ihr einfach
seltsam erschien. Lisa wusste, dass es eines der Origin-
algebäude aus Tombstones Blütezeit war und die beiden
großen Feuer von 1881 und 1882 überlebt hatte. Selbst

ihrem Freund war es bislang nicht gelungen, sie zu einem Besuch des Museums im Gebäude zu überreden.

Da sie so schnell wie möglich nach Hause kommen wollte, machte Lisa auf dem Absatz kehrt und eilte an der dunklen Fassade vorbei, um zu ihrem Auto zu gelangen. Auf dem Weg nach Sierra Vista, wo sie wohnte, gelang es ihr nicht die Gänsehaut abzuschütteln, obwohl sie die Autoheizung den ganzen Weg entlang auf höchster Stufe laufen ließ.

Später, Allen Street, 01:45 Uhr in der Nacht. Niemand war auf der Straße unterwegs, nicht einmal eine streunende Katze oder ein Hund. Die Temperaturen waren mild und es war dunkel, außer einer kleinen Spur des silbernen Mondlichts hinter ein paar bauschigen Wolken. Die Stadt schlief.

Der ehemalige Saloon und das Theater lagen in völliger Dunkelheit. Wäre jemand auf den Gehwegen unterwegs gewesen, hätte er oder sie das leise Klirren der Gläser gehört, die zu einem Trinkspruch angestoßen wurden, begleitet vom hellen Lachen der gefallenen Engel aus längst vergangenen Tagen.

Vielleicht hätte jemand sogar den gedämpften Klang einer altmodischen Klaviermelodie gehört, die durch die Türen auf die leere Straße hinaus drang. Aber niemand war draußen zu dieser späten Stunde und so lebte das alte Gebäude unbemerkt sein Leben einer längst vergessenen Zeit in der Mitte der Nacht.

Kapitel Zwei

Cheryl war sauer und fluchte laut. Von all den Orten, bei denen sie sich beworben hatte, musste es diese gottverfluchte Westernstadt sein, die ihr schlussendlich Nachricht über ihre Anstellung bei der Arizona State Parks Organisation zukommen ließ.

Ihr Studium für Tourismusmanagement beinhaltete eine praktische Trainingszeit an einem Ort von touristischer Relevanz. Ihre Bewerbung wurde schließlich akzeptiert von der Verwaltung der Arizona State Parks.

Zuerst war sie in heller Aufregung gewesen, aber anstatt als Ranger bei einer der touristischen Hauptattraktionen engagiert zu werden, wurde sie für das Courthouse Museum im staubigen Tombstone eingeteilt. Wenn es doch wenigstens der Red Rock State Park oder am Lake Havasu gewesen wäre. Tombstone, das war in der Mitte von Nirgendwo. Was sie bislang über Tombstone gehört hatte war, dass die Stadt nach Westerngeschichte förmlich stank und das Hollywood ein paar Filme über Tombstone gedreht hatte. Ende der Geschichte.

Zur Hölle mit den nachahmenden Möchtegern Wyatt Earps. Sie wollte an einem Ort sein, der täglich locker 20.000 Leute oder mehr aus der ganzen Welt anlockte. Je mehr los war, desto besser. Schließlich war sie ein richtiges Stadtmädchen. Aber laut dem Arizona State Parks Management waren bereits alle anderen Stellen besetzt gewesen, als sie sich schließlich dazu entschlossen hatten, Cheryl zu engagieren. Sie hatte also keine andere Wahl, als das Beste aus der Situation zu machen. Schließlich war es ja nur für vier Monate, im höchsten Fall fünf. *Die Zeit wird schnell rumgehen*, versuchte sie sich selbst einzureden.

So reiste die junge Frau mit Southwest Airlines vom schicken kalifornischen Vorort, wo sie wohnte, nach Tucson, Arizona.

Sie war die großen, quirligen Flughäfen wie LAX in Los Angeles gewohnt und bekam prompt ihren ersten Kulturschock, als die Maschine in Tucson landete. Im Vergleich zu L.A. hatte dieser Flughafen die Größe einer

Schuhschachtel und dessen Dimension versetzte sie in schlechte Laune.

„Oh Gnade mir Gott, und das soll sogar die zweitgrößte Stadt des Bundesstaates sein!", murmelte sie vor sich hin, während sie das Ankunftsgate hinter sich ließ.

Es war nicht viel los und sie lief zügig zu den Gepäckbändern. Die Wände der Ankunftshalle waren mit typischer Südwestlicher Kunst und indianischen Mustern dekoriert, aber Cheryl beachtete es gar nicht. Während sie neben dem Kofferband stand und hektisch auf ihrem brandneuen iPhone herumtippte, verpasste sie beinahe ihren roten Koffer. Sie wartete weiter auf ihr zweites Gepäckstück, nachdem sie den Koffer vom Gepäckkarussell gewuchtet hatte.

Nur weil sie ein Semester im „Niemandsland" verbringen musste, hieß das noch lange nicht, dass sie wie eine ungebildete Hinterwäldlerin aussehen wollte. Sie war schließlich kein Landei.

Cheryl gab sich immer viel Mühe mit ihrem Aussehen, Kleiderwahl und Make-up. Wie die meisten Frauen hatte sie Geschmack gefunden an der Mode und den neuesten Produkten der alles versprechenden Kosmetikindustrie. Sie schätzte beides regelmäßig. Natürlich verlangte das jeden Monat nach einem gut kalkulierten Budget.

Die kalifornische Studentin erwartete nicht Mister Perfekt in einer rustikalen Westernstadt zu treffen, aber sie hatte dennoch mit Bedacht gepackt. Warum auch sollte sie alte Gewohnheiten ändern?

Sie war älter als die meisten ihrer Studienkollegen. Nach ein paar Jahren Tätigkeit in der unbefriedigenden Welt des Handels und Marketing hatte sie schließlich einen Punkt erreicht an dem sie sich nicht mehrvorstellen konnte, diesen Job für den Rest ihres Berufslebens auszuüben. So hatte sie sich für eine zweite Karriere im Tourismusmanagement entschieden. In diesem Berufszweig würde Cheryl Gebiete in den Staaten kennenlernen, die sie noch nicht kannte, oder sogar andere Länder dieser Welt sehen. Es war höchste Zeit für ein neues Ziel in ihrem Leben. Sie war Mitte Dreißig, wirkte aber jünger.

Ein älterer Mann in Jeans und einem abgenutzten Cowboyhut kam auf sie zu. „Entschuldigen Sie, Ma´am, sind Sie Cheryl Roberts?"

Cheryl dreht sich um, zuerst verärgert darüber, wer sie hier wohl so unverblümt ansprach. Aber dann erinnerte sie sich an ein Mail, in dem das Courthouse Museum Management versprochen hatte, jemanden zu schicken, um sie abzuholen. Also stellte sie ihr bestes Lächeln zur Schau und schüttelte dem Mann die ausgestreckte Hand.

„Das bin ich! Und Sie sind . . .?"

„Bert McEntire, aber nennen Sie mich einfach Bert, bitte! Wir halten nicht viel von Formalitäten in Tombstone."

„Das glaube ich sofort", murmelte Cheryl, schwang beherzt ihre Reisetasche herum und verfehlte dabei nur knapp Berts Schenkel.

Ihr Gepäck war eine Herausforderung, aber Bert schien überraschend fit zu sein und handhabte es ohne Schwierigkeiten. Sie verließen die Ankunftshalle und er ging zielstrebig auf den Parkplatz gegenüber zu. Cheryl war geblendet von der grellen Nachmittagssonne.

Bert warf das Gepäck in den weißen Pickup und startete den Motor, der mit einem Grollen, ähnlich einem wütenden Puma zum Leben erwachte. Nachdem er die Parkgebühr an der Schranke bezahlt hatte, fuhr er an den verschiedenen Flughafen Hotels vorbei und fädelte auf die Autobahn ein.

Cheryl hoffte, dass sie zumindest ein anständiges Hotelzimmer bekommen würde. Im Moment befürchtete sie, dass es wohl eher eine staubige Minenarbeiter Blockhütte mit Plumpsklo sein könnte. *Gütiger Himmel,* dachte sie, während sie bereits anfing ihr komfortables Apartment in Los Angeles zu vermissen. Dennoch, was sie im Moment gar nicht vermisste, war der verrückte Stadtverkehr in L.A. Sechsspurige Autobahnen, die dank den täglichen Staus nirgendwo hinführten.

Hier war es angenehm ruhig auf der Autobahn die durch die Vororte von Tucson führte. Im Vergleich zu ihrem Zuhause, schienen die Straßen hier beinahe wie ausgestorben. *Wer weiß, vielleicht begegnen wir noch einer alten Postkutsche.* Sie rollte gespielt entsetzt ihre Augen.

Dank Google Maps wusste Cheryl, dass die Fahrt ungefähr eine Stunde dauern würde. Je näher sie Richtung Tombstone fuhren, umso mehr veränderte sich die Landschaft. Sie variierte von knochentrockener Wüste voller dorniger Büsche und Kakteen, bis hin zu einer Kette sanfter Hügel am Horizont. Schon bald fuhren sie in die Kleinstadt Benson, wo Bert an einem Safeway Supermarkt anhielt. Er lachte laut, als er Cheryls verwirrten Gesichtsausdruck sah.

„Ich dachte mir, dass du vielleicht ein paar Lebensmittel kaufen möchtest. Du weißt schon, gesundes Essen wie Müsliflocken, Sojamilch, Salat usw. Ich muss gestehen, es gibt nicht so viel Auswahl in Tombstone, wenn es ums Lebensmittel kaufen geht. Nun, wenigstens haben wir einen neuen Dollar Store und unsere Circle K Tankstelle, aber das sind nicht wirklich Lebensmittelläden."

Er zwinkerte ihr zu und es war offensichtlich, dass er sich lustig über den kalifornischen Lifestyle mit all den gesunden Ernährungsideen machte.

Bert schloss den Pickup ab, ließ ihr Gepäck auf der Rückbank und holte ihr einen Einkaufswagen. Sie lächelte über seine zuvorkommende Art. Er schien ein richtiger Gentleman zu sein.

Nun gut, wenigstens gibt es Hoffnung, dass mir die nächsten Monate ein paar Leute mit guten Manieren begegnen werden. Vielleicht leben nicht nur raubeinige Cowboys in Tombstone.

Der *Safeway* von Benson war sicherlich kein *Trader Joe's* oder *Whole Foods* Laden und sie fürchtete jetzt bereits um ihre gute Figur, aber zumindest konnte sie mal das Nötigste einkaufen. Es war sehr aufmerksam von dem Mann ihr die Chance zum Einkaufen auf dem Weg zu ihrer Unterkunft zu geben. Aber ein paar Minuten später, als sie vor dem Regal mit Frühstücksflocken stand, hielt sie inne und drehte sich zu Bert um.

„Warte mal, wie soll ich die Lebensmittel denn in einem Hotelzimmer lagern?", fragte sie und zeigte dabei auf ihren Einkaufswagen, der sich rasch füllte. Er lächelte. „Um ehrlich zu sein, hat das Park Management ein kleines Haus für dich organisiert, da du ja ein paar Monate bleiben wirst. Hübsche Unterkunft kann ich nur sagen. Es ist ein original viktorianisches Haus aus 1881. Hat einst einer der schillernden Bordellbesitzerinnen von Tombstones wilder Vergangenheit gehört."

Sie muss wohl blass wie die eierschalenfarbene Wand im Supermarkt geworden sein, denn Bert versicherte ihr rasch, dass in jenem Haus die Einrichtung natürlich auf modernen Standard gebracht worden war. Cheryl war aber nicht wirklich überzeugt und bereitete sich mental auf das Schlimmste vor. *Hoffentlich muss ich nicht ein Plumpsklo oder eine Wasserpumpe im Freien zum Duschen und Waschen benutzen,* dachte sie verunsichert.

Während die beiden nach dem Einkauf weiter zu ihrem Endziel fuhren, schaute Bert seine Beifahrerin von der Seite her an und fragte: „Also, was weißt du über Tombstone?"

Cheryl zuckte mit den Schultern. „Eigentlich gar nichts", gab sie zu. „Warte mal, das stimmt so nicht. Ich weiß, dass dort irgendeine berühmte Schießerei ca. 1881 stattgefunden hat und das Wyatt Earp und ein Mann namens Doc Irgendwas ebenfalls dort gelebt haben . . ."

Bert lachte laut heraus. „Doc Holliday meinst du. Jawoll, das entspricht ungefähr dem, was die meisten Touristen auch über Tombstone wissen. Nun, du wirst bedeutend mehr Kenntnisse über den Ort haben, wenn du wieder abreist. Das kann ich dir garantieren!

Tombstone hat irgendetwas, das dich richtig in seinen Bann zieht. Und glaube mir, da gibt es so viel mehr interessante Geschichte als nur diese eine Schießerei von damals. Es ist schwierig zu erklären. Man muss es selbst erlebt haben. Eines ist sicher, Tombstone ist eine sehr spezielle Stadt und sie sucht sich die Leute aus, denen sie ihr wahres Gesicht zeigt. Der Ort scheint eher wie ein Dorf zu sein, aber es steckt bedeutend mehr hinter Tombstone als nur eine Ansammlung alter Gebäude."

Cheryl starrte auf sein Profil. Er sprach über den Ort, als ob es eine lebendige Person wäre. *Oh Jesus, ich ende wahrscheinlich mit einer ganzen Bande Cowboy Hut tragenden Spinnern täglich um mich herum.*

Sie freute sich nicht auf die nächsten Monate, aber was konnte sie schon machen? Sie brauchte dieses Praktikum für ihr Studium. Ohne dieses würde sie am Schluss ihr Zertifikat nicht erhalten.

Als sie näher an die Stadtgrenze von Tombstone kamen, sah Cheryl auf der linken Seite einen zerklüfteten Canyon und fragte Bert nach dem Namen dieses Gebietes.

„Das ist Cochises Stronghold. Das Areal gehört zu den Dragoon Mountains und war von den berühmten

Häuptlingen Geronimo und Cochise mit ihren abtrünnigen Apachen als Versteck genutzt worden. Du wärst sehr überrascht, wie viele interessante, historische Orte du rund um Tombstone entdecken kannst."

Cheryl hatte ihre Zweifel daran. Ihr lag überhaupt nichts an der Geschichte der Pionierzeiten, aber sie wollte Bert nicht beleidigen. Schließlich war der Mann bisher sehr freundlich zu ihr gewesen.

Die Straße, die sie entlangfuhren, hatte einige Senken und zahlreiche Hügel, die die Stadt versteckten. Die Besucher entdeckten sie erst, wenn man schon beinahe in den Ort hineinfuhr. Nur knapp drei Meilen vor dem Ortsschild sah sie Tombstone schließlich auf einem der Hügel thronen. Zu Cheryls Überraschung gab es einen Kontrollpunkt der lokalen Grenzpolizei auf der linken Seite der Straße und Bert verlangsamte den Wagen.

„Wow, beschützen die eure Stadt?"

Bert schüttelte seinen Kopf. „Wir haben viele illegale Einwanderer, die die Grenze zwischen hier und dem alten Mexiko immer wieder heimlich überqueren. Die Jungs von der Grenzbehörde versuchen, so viele wie möglich von denen zu erwischen und schicken sie wieder zurück über die Grenze, nachdem sie die Fingerabdrücke usw. registriert haben. Es ist ein trauriger Anblick und nicht gerade förderlich für unseren Tourismus hier. Das Schlechte daran ist, dass die Leute ja auch noch Drogen schmuggeln und das hat bereits einen tragischen Einfluss auf die Gemeinde hier. Einige dieser Drogendealer sind bewaffnet und sehr gefährlich."

Die hübsche Studentin betrachtete die Männer in Uniformen und deren gefährlich aussehende Hunde, die geduldig im Heck der Dienstfahrzeuge saßen. *Willkommen im Wilden Westen*, dachte sie bei sich. Sie starrte auf die

Pistolen und Handschellen, die an den Gürteln der Beamten befestigt waren.

Aber der Anblick war ihr nicht wirklich unbekannt. In Kalifornien hatten sie ihre eigenen Probleme mit nicht erfassten Einwanderern und die Schwierigkeiten, die mit dieser Thematik einhergingen. Sie fuhren an dem Checkpoint vorbei und Bert winkte den Beamten, die ihn offensichtlich kannten, noch einmal zu.

Auf dem letzten Hügel, den sie mit dem Auto hinauffuhren, standen die ersten Gebäude, die sie willkommen hießen. Rechter Hand fuhren sie an zwei Hotels und einem Campingplatz vorbei und auf der linken Seite sah Cheryl ein Schild mit der Aufschrift *Boot Hill*.

„Okay, ihr habt also euren Friedhof direkt am Eingang der Stadt angelegt? Was für ein Willkommensgruß für die Besucher!"

Bert schaute zu ihr rüber. „Der Friedhof da drüben ist sogar eine richtige Touristenattraktion, weil dort einige der eindrücklichsten Charaktere von Tombstones Geschichte begraben sind."

„Also soweit ich weiß, sind dort weder die Earp Brüder noch dieser berüchtigte Doc Holliday zur Ruhe gebettet worden."

Bert schwieg einen Moment. „Das stimmt schon, aber ihre Opfer liegen dort. Tatsächlich hat Tombstone sogar zwei Friedhöfe."

„Du veräppelst mich! So eine kleine Stadt hat zwei Begräbnisstätten? Das wirkt ja fast so, als ob die Leute während der Pionierzeiten hauptsächlich zum Sterben hierhergekommen waren." Es war Cheryl so rausgerutscht bevor sie realisierte, wie unhöflich das klingen musste. Bert antwortete nicht sofort und sie befürchtete schon, dass sie ihn beleidigt hatte.

Aber dann schaute er sie an und sagte: „Viele sind in den alten Zeiten hier gestorben und viele sterben auch heute noch hier. Der Grund ist sogar ein ähnlicher. In jenen Tagen waren die Chancen groß, Bekanntschaft mit einer Bleikugel zu machen und heutzutage bekommen die Leute oft Krebs in Tombstone, da in vielen Häusern immer noch die alten Bleiwasserleitungen verlegt sind." Und mit einem strengen Blick fügte er hinzu, „und manche Leute gehen nie."

Cheryl empfand das als sehr seltsame Aussage und auf ihren Armen bildete sich eine Gänsehaut. Sie hatte keine Ahnung wie er das gemeint hatte, aber sie hakte auch nicht nach, denn auf keinen Fall wollte Cheryl noch rüder erscheinen.

Sie fuhren um die Ecke zum Courthouse Museum. Es war ein hübsches Ziegelsteingebäude im viktorianischen Stil und eines der größten Gebäude in der Stadt. Cheryl gefielen die weißen Fensterrahmen aus Gipsstuck ab der ersten Minute. Überraschenderweise hielt Bert allerdings nicht an dem Gebäude an, sondern fuhr ein weiteres Stück die Straße hoch.

Schließlich stoppte er den Wagen vor einem lauschigen, altmodischen Haus. Es hatte einen hübschen Garten und einen weißen Zaun als Eingrenzung. Die Mitte der Haustüre zierte ein buntes Glasfenster, das einen Kolibri darstellte. Ein einfacher Schaukelstuhl stand auf der vorderen Veranda. Das Eingangstor zum Garten war von einem Rosenbogen eingegrenzt, der in voller Blüte stand. Das Haus lag in Laufdistanz zum Courthouse Museum und die Straße war sehr ruhig und weder mit Autos noch mit Leuten bevölkert.

Cheryl liebte ihr temporäres Domizil von dem Moment an, als sie es gesehen hatte und sie wollte es so schnell wie möglich betreten und es von innen erkunden.

Fast wirkte es wie ein Puppenhaus und war offensichtlich vorzüglich renoviert worden.

Während sie Bert dabei behilflich war, ihr Gepäck auf die Veranda zu stellen, ließ sie die plötzliche Explosion von Gewehrschüssen erschrocken herumfahren, aber Bert lachte nur.

„Keine Angst! Das war nur ein Darsteller von einer der Western Shows, der ein paar Touristen erschreckt. Das sind Platzpatronen und keine scharfe Munition, naja jedenfalls meistens", fügte er mit einem jungenhaften Grinsen hinzu.

Cheryl nickte. Sie erinnerte sich an einen Bericht in den Nachrichten über Tombstone und einen Unfall bei einer Schießerei während einer Stadtfeier vor zirka drei Jahren. Sie wusste nicht, ob sie erleichtert sein sollte, oder sich ernsthaft über ihre Sicherheit Sorgen machen müsse während ihrem Aufenthalt in dieser Stadt. Fast sah es so aus, als ob sie mitten in einer Version der Fernsehsendung *Rauchende Colts* gelandet wäre.

Bert schloss die Haustüre auf, gab ihr die Schlüssel und trug die Lebensmittel und das Gepäck in das kleine Wohnzimmer und in die Küche. Dann schüttelte er ihr die Hand.

„Wir sehen dich morgen früh im Museum. Komm einfach um 09:00 Uhr an den Haupteingang! Genieße deine erste Nacht in Tombstone und ruh dich etwas aus. Du musst müde sein von der Reise. Hier ist meine Visitenkarte falls du irgendetwas brauchst. Scheue dich nicht davor mich jederzeit anzurufen."

„Vielen Dank, das ist sehr freundlich von dir, Bert! Ich sehe dich dann morgen." Er winkte noch einmal, sprang in seinen Pickup und fuhr davon.

Kapitel Drei
Cheryl lief durch die Räume, die für die nächsten Monate

ihr temporäres Zuhause sein sollten. Das Haus war klein, ja, aber definitiv sehr viel besser als eine Unterbringung in einem winzigen Hotelzimmer. Wenigstens hatte sie genügend Platz ihre ganzen Klamotten zu verstauen und für sich selbst die ein oder andere Mahlzeit zu kochen.

Es gab ein kleines Wohnzimmer, eine winzige Küche und ein kuscheliges Schlafzimmer. Das Badezimmer war klein, aber sehr süß mit einer altmodischen Badewanne, die auf Eisenfüßen stand und ihr sogar die Möglichkeit bot, eine warme Dusche hinter dem weißen, spitzenverzierten Duschvorhang nehmen zu können.

Die Inneneinrichtung des Hauses bestand größtenteils aus Antiquitäten. Viele Bilder an der Wand zeigten Szenen der einst so glorreichen Vergangenheit Tombstones. Für einen kurzen Moment fragte sich Cheryl wie es wohl gewesen war, in jenen Tagen in dieser Stadt zu leben. Obwohl sie ein Fan der modernen Architektur war, mochte sie dennoch dieses charmante Haus von der ersten Minute an, in der sie einen Fuß in die Räume gesetzt hatte. Seltsamerweise erschien ihr das Mobiliar fast vertraut und sie liebte den alten knarrenden Holzboden. Ja, hier würde sie es die nächsten paar Monate aushalten können.

Ob sie sich jedoch an diese Westernstadt gewöhnen könnte, stand auf einem anderen Blatt geschrieben. Ihre Zweifel darüber waren geblieben. Aber da wenigstens ihre Unterkunft komfortabel schien, freundete sie sich schließlich mit dem Gedanken an, die nächsten vielen Wochen hier zu verbringen. Die fleißige Studentin freute sich nun sogar auf den ersten Tag an ihrer Arbeitsstelle.

Cheryl verstaute die Lebensmittel in der Küche und machte die Kaffeemaschine bereit. *Was würde sie nur machen ohne ihren geliebten Kaffee?* Ihre Freunde in Kalifornien machten sich immer lustig über sie und nannten sie den Kaffee Junkie. Wahrscheinlich hatten sie damit sogar recht.

Sie schleppte ihr schweres Gepäck in das kleine Schlafzimmer und fing damit an ihre Klamotten auszupacken.

Mittlerweile erfüllte das köstliche Aroma des aufgebrühten Kaffees das gesamte Haus wie ein exquisites Parfüm. Es war eine ziemliche Herausforderung all ihre Habseligkeiten zu verstauen, ohne das Bild von absolutem Chaos im Schlafzimmer zu hinterlassen.

Als sie endlich fertig war, sah das Haus wie ein richtiges Zuhause aus. Sie goss sich eine große Tasse Kaffee ein, setzte sich dann in den Schaukelstuhl draußen auf der Veranda und genoss den Geschmack des heißen Getränks. Es war an der Zeit sich von dem anstrengenden Tag zu erholen.

So, dies war also Tombstone. Sie blickte die Straße hoch und runter. Es war eine ruhige Stadt. Im Moment fuhren nicht einmal Autos auf dieser kleinen Seitenstraße an dem Haus vorbei und die Westernshows hatten bereits geschlossen um diese Zeit. Die Temperaturen wurden kühler und sie betrachtete die prächtigen Farben des Sonnenuntergangs. Die plötzliche Kälte überraschte Cheryl, denn der Tag war doch recht warm gewesen.

Aber dann erinnerte sie sich daran, dass Tombstone eine andere Höhenlage hatte als Kalifornien oder Tucson. Sie ging ins Haus, schnappte sich einen warmen Schal, um ihn um ihre Schultern zu legen und füllte ihre Tasse auf. Die hübsche Frau ging abermals raus auf die Veranda und genoss den Abend. Eine plötzliche Bewegung, die sie aus dem Augenwinkel wahrnahm, erschreckte sie so sehr, dass sie fast ihre Tasse umwarf. Sie konnte es nicht glauben. Ein junger Rehbock stand nur wenige Meter entfernt und beobachtete sie. „Hallo John Deere!", rief sie aus und lachte über ihren eigenen Witz.

Cheryl gähnte herzlich und entschied sich dazu den Tag ausklingen zu lassen. Das Entdecken der Stadt musste warten. Vielleicht würde sie das an einem anderen Tag später diese Woche in Angriff nehmen. Sie war müde von der Reise und ging ins Haus, um zu Duschen. Schließlich wartete auf sie ein neuer Job am nächsten Tag, auch wenn dieser nur befristet war.

Bevor sie unter die Bettdecke krabbelte, schaltete Cheryl die Klimaanlage aus. Es war ein einfaches Gerät, aber es funktionierte gut und hatte das Haus während des Tages kühl gehalten. Sie brauchte die Klimaanlage nicht in der Nacht, denn die Temperatur war am Abend stärker gesunken, als es in L.A. der Fall war. Auch erschien die Luft hier um einiges trockener als zu Hause.

Das Haus hatte Lehm- und Holzwände und die Art und Weise wie sie dieses Haus kühl hielten, war sehr angenehm. Eines war jedenfalls sicher, die Luft hier schien sauberer zu sein als die Smog überladene in Los Angeles.

Cheryl kuschelte sich tiefer in die weiche Decke und streckte sich auf dem antiken Eisenbett aus. Sie blickte sich in dem Zimmer um. Das Schlafzimmer spiegelte perfekt das Image der viktorianischen Ära. Es hätte so jederzeit als Fotografie in einer Zeitschrift für antike Häuser erscheinen können. Vom Lampenschirm der Nachttischlampe hingen Fransen, an denen kleine Kristallperlen befestigt waren. Sie reflektierten hunderte kleiner Leuchtsterne auf die romantische Blumentapete an den Wänden.

Diese Unterkunft war wirklich liebevoll eingerichtet. Ja, man konnte das Haus durchaus als romantisch bezeichnen. Und mit diesem letzten Gedanken schaltete Cheryl das Licht aus und fiel in einen tiefen Schlaf.

***

Spät in der Nacht heulte ein einsamer Kojote auf einem
der Hügel und rief nach seinem Gefährten. Es war bereits
weit nach Mitternacht. Der Hauptraum des Museums des
Bird Cage Theaters lag in kompletter Dunkelheit. Nur die
Lampen der Notausgänge produzierten ein schwaches,
grünliches Licht in der Nähe der Treppen, die durch die
verschiedenen Räume des Theaters führten. Das alte Klavier stand schweigend vor der großen Bühne mit ihren
alten, staubig – verblichenen Vorhängen. Im Gebäude war
es kühl, dank der Lehmwände.

Um die zahlreichen Artefakte aus Tombstones glorrei-
cher Vergangenheit zu schützen, war es strikt untersagt
in dem Gebäude zu rauchen. Alles in den verschiedenen
Räumen war so trocken wie die Knochen eines Skeletts
in der Wüste, außer natürlich den Flaschen mit den alten
Getränken, die auf den Regalböden der antiken Bar neben
dem Eingang des berühmten Etablissements standen.

Die Dunkelheit in dem Gebäude machte es jedermann
unmöglich spät in der Nacht durch die Fenster zu spähen.
Und so sah auch niemand den dichten Zigarrenrauch, der
sich kräuselnd zur Decke bewegte.

Dank der Dunkelheit im vorderen Raum sah niemand
wie die Spirituosen, die zur Dekoration auf der Bar standen,
sanft in den Flaschen schaukelten, als ob gerade ein Drink
eingeschenkt worden war. Das Bird Cage lebte.

Kapitel Vier

Am nächsten Morgen wachte Cheryl früh auf, reckte sich
wohlig und blieb noch einen Moment unter der warmen
Decke liegen. Sie hatte seltsame Träume über lange Calico
Kleider und alte Saloonmusik gehabt, aber nichtsdestotrotz
fühlte sie sich erholt. Es war Zeit für einen Kaffee und ein
paar Frühstücksflocken und dann würde sie sich zu ihrem

ersten Tag im Courthouse Museum auf den Weg machen.

Cheryl zog ihre Lieblingsjeans und eine schicke Bluse an, bürstete ihr Haar und trug ein leichtes Tages Make-up auf, um ihre dunkelgrünen Augen zu betonen. Dann lief sie hinüber zum Museum und kam zehn Minuten zu früh an, gerade in dem Moment als Bert McEntire um die Ecke kam.

„Howdy, Miss Roberts!" Er grüßte sie freundlich und tippte dabei an seinen Cowboyhut.

„Nenn mich einfach Cheryl, wenn es dir nichts ausmacht, Bert."

„Okay, dann Cheryl. Hey, ich hoffe du hast gut geschlafen? Ah, da kommt meine Frau Dorothea."

„Ja, ich habe wunderbar geschlafen. Ich liebe das kleine Haus. Es ist so süß und all die Antiquitäten tragen noch zu seinem speziellen Charme bei."

Eine Frau zirka Ende fünfzig lief auf die beiden zu und sprach Cheryl mit ihrer rauchigen Stimme an. „Es freut mich, dass dir die Inneneinrichtung des Hauses gefällt. Tatsächlich gehörten einige der Möbel meiner Ururgroßmutter. Sie hat eines der Bordelle in der Stadt geführt und war Französin. Übrigens, ich bin Dorothea McEntire. Es freut mich sehr dich kennenzulernen, Cheryl!"

Cheryl fand Berts Frau auf Anhieb sympathisch. Ihr Gesicht war vom Arbeiten in der Sonne Wetter gegerbt und der Griff ihrer Hand beim Händeschütteln kräftig. Ihr Lächeln war warm und herzlich.

„Lass mich dich herumführen und dann werde ich dir erklären, was deine Arbeit für heute ist, bis du das Museum etwas besser kennst." So folgte die Studentin aus Kalifornien Dorothea McEntire pflichtbewusst.

„Du kannst deine Tasche in dem Raum hinter dem Kassenhäuschen lassen! Niemand hat dort Zugang, außer uns. Wir gehen mal schnell eine kleine Tour durch das

Museum. Natürlich kannst du dir später am Nachmittag all die Objekte genauer anschauen. Ich schlage vor, dass du heute mit mir an der Kasse bleibst und wir zusammen die Eintrittsgelder und Tickets handhaben. Das ist nicht kompliziert und man muss nicht viel lernen. Unser Kredit-kartenterminal ist einfach in der Bedienung. Aber zuerst eine kleine Runde durch unser schönes Courthouse."

Dorothea lächelte und zwinkerte Cheryl, die offen zurücklächelte, zu. Der erste Raum rechter Hand zeigte kleinere Ausstellungstücke in Vitrinen. Laut den Schildern daneben, hatten einige davon sogar dem berühmten Wyatt Earp gehört, wie z.B. seine Taschenuhr oder sein Rasier-messer mit dem Elfenbeingriff. Die musste sie sich später unbedingt noch einmal genauer ansehen.

Dorothea und ihre Praktikantin gingen von Raum zu Raum. Das Museum hatte viele Artefakte von Tombstones bewegter Vergangenheit. Es gab jede Menge Schürfer Ausrüstung, Werkzeuge, Kutschen, Waffen, und sogar einen original Gerichtssaal mit antiken Möbeln und Regalen voller alter Bücher. Die junge Frau fragte sich, welche Art Gerichtsverhandlungen wohl hier zur Blütezeit stattgefunden hatten.

Haushaltsgegenstände, Ranch Ausrüstung, ein großer Safe, was immer man sich vorstellen konnte, es war da. Die Ausstellungsstücke waren liebevoll arrangiert in Vitrinen oder auf Podesten. Das Courthouse Museum war wie ein Bilderbuch von Tombstones Gründerzeit.

Zu ihrer eigenen Überraschung stellte Cheryl fest, dass sie sich sogar darauf freute, noch mehr im Laufe der näch-sten Wochen zu entdecken. Sie hatte sich nie für Wild West Geschichte interessiert, aber dieses kleine Museum lockte sie nun doch, mehr darüber zu lernen. Schließlich musste sie ja ein großes Referat über ihr Praktikum hier verfassen.

Es wäre ideal ein bestimmtes Thema herauszufiltern, über das sie schreiben konnte.

Sie war über sich selbst erstaunt, denn kaum vierundzwanzig Stunden nach Ankunft in der Stadt, in der sie ursprünglich gar nicht sein wollte, interessierte sie sich plötzlich für die Geschichte des Ortes.

Cheryl hatte sich dazu entschlossen, das Beste aus der Situation zu machen und so viel wie möglich für ihr Studium zu lernen. Schließlich war sie eine ehrgeizige Studentin.

Dorothea erklärte ihr die Kasse und den Kreditkartenterminal und welche Gebühren sie für welche Gäste verlangen musste. Sie war eine freundliche und geduldige Lehrerin und es dauerte nicht lange, und Cheryl konnte die Kasse allein managen, während Dorothea eine Gruppe durch das Museum führte.

Um die Mittagszeit kam Bert mit einem Korb frischer Sandwiches und kalten Flaschen Mountain Dew Limonade an, während Dorothea bereits die Kaffeemaschine startete. Cheryl war verblüfft, als die beiden ihr Essen mit ihr teilten.

Eines ist sicher, die Leute hier sind wirklich sehr nett und nicht so egoistisch eingestellt wie die Großstadtmenschen in Los Angeles, dachte Cheryl und biss herzhaft in das leckere Truthahn Sandwich. Aber was sie noch mehr verdutzte, war das reichhaltige Aroma des Kaffees den Bert ihr anbot. Er lachte. „Das ist Arbuckle Kaffee, meine Liebe, echter Cowboy Kaffee mit einer langen Tradition."

Cheryl nickte. „Verteufelt gut! An dieses Gebräu könnte ich mich glatt gewöhnen."

Die drei lachten. Eine halbe Stunde später gingen sie zurück an die Arbeit und der Nachmittag verging wie im Flug. Das Museum hatte nicht so viele Besucher an einem gewöhnlichen Wochentag und Dorothea forderte Cheryl dazu auf, allein durch das Museum zu schlendern und sich am späten Nachmittag alles in Ruhe anzusehen.

Cheryl lief von Raum zu Raum und bewunderte die alten Möbel und Ausstellungsstücke in den Vitrinen. Sie war darüber erstaunt, wieviel Chemikalien man für die Silbergewinnung benötigt hatte und wieviel verschiedene medizinische Instrumente schon damals benutzt wurden. Die ausgestellte Ärzteausrüstung stammte von einem Doktor namens Goodfellow. Cheryl schmunzelte über den Namen. Allem Anschein nach war er ein Doktor mit sehr modernen Methoden gewesen, wenn man den medizinischen Standard der damaligen Zeit in Betracht zog. Er hatte sogar Operationen hier in dieser kleinen Stadt durchgeführt. Cheryl dachte darüber nach, wie es wohl gewesen sein musste, die Operation einer Schusswunde, ohne die heutigen medizinischen Möglichkeiten durchzustehen. Bei dem Gedanken lief es ihr kalt den Rücken hinunter.

Die Tour durch das Museum führte sie weiter die Treppe hoch in den zweiten Stock des Gebäudes. Fasziniert stand sie vor der wunderschön gearbeiteten, hölzernen Treppe. Die Stufen waren ausgetreten und verkratzt, aber immer noch schön und der Handlauf des Geländers fühlte sich glatt und poliert an unter ihren Fingern.

Nachdem sie jeden Raum durchschritten hatte, musste Cheryl sich eingestehen, dass dieses Museum wunderbar bestückt und organisiert war. Offensichtlich hatten die Leute viel Leidenschaft und Respekt für die Geschichte der Stadt übrig.

Die Sonne ging bereits unter, als Cheryl Roberts durch den Seiteneingang neben dem Gerichtssaal in den Innenhof des Museums hinaustrat. Sie war überrascht, drei Seile mit Schlingen von einer Galgenkonstruktion baumeln zu sehen und zitterte bei dem Anblick trotz der letzten, wärmenden Sonnenstrahlen.

Also hat man hier sogar Leute aufgehängt. Aber vielleicht ist es ja nur Dekoration. Ich muss Bert einmal danach fragen.

Als sie sich umdrehte stand dieser direkt hinter ihr und sie erschrak. Er nickte langsam und beantwortete so ihre unausgesprochene Frage.

„Ja, Cheryl, sieben Männer wurden hier im Innenhof im Laufe der Jahre gehängt. Tombstone war für einige Jahre Sitz des Landkreises Cochise. Deshalb haben hier auch Gerichtsverfahren und Exekutionen stattgefunden. Das hat den Leuten den langen Ritt nach Tucson erspart. Manchmal kannst du immer noch sehen, wie ein Mann von einem dieser Seile dort drüben baumelt."

Cheryl dachte, der Mann erlaubte sich einen Scherz, aber als sie ihn anblickte sah sie, dass er sehr ernst aussah. Offensichtlich war das Ganze nicht als Witz gemeint und sie wagte nicht zu lachen.

Als sie zurück in das Museum ging, bemerkte sie den wunderschönen Sonnenuntergang hinter dem Gerichtsgebäude. Dennoch schaute sie nicht über ihre Schultern zurück.

Am Abend ging Cheryl die berühmte Allen Street entlang, die das Zentrum der Touristenattraktion in Tombstone war. Sie beschloss ihre Ankunft im Wilden Westen mit einem saftigen Steak im Longhorn Restaurant, dass Bert ihr empfohlen hatte, zu feiern. Der Spaziergang auf den hölzernen Gehwegplanken war interessant. Sie schaute in die zahlreichen Schaufenster der Geschäfte. Die zwei bekanntesten Saloons hatten kaum Gäste, aber es war ja noch früh am Abend.

Wahrscheinlich gehen nicht viel Leute weg an einem Donnerstagabend, dachte sie.

Ihr Abendessen im Longhorn enttäuschte sie nicht. Cheryl las das Namenschild der älteren, freundlichen Bedienung: „Donna." Sie gab Cheryl das Gefühl, als ob sie sich schon seit Jahren kennen würden. In Los Angeles hatte die junge Frau sich an die Anonymität der Großstadt gewöhnt, aber hier in diesem Western Restaurant genoss sie die zuvorkommende freundliche Art.

Das frisch in der noch immer brutzelnden Gusspfanne servierte Steak, die Ofenkartoffel und der hausgemachte Krautsalat waren einfach köstlich. Cheryl war so voll, dass sie der Bedingung Donna sagte, dass diese sie nun die Straße herunterrollen könne.

Sie bezahlte ihre Rechnung und lief zurück zu ihrer Unterkunft und genoss dabei die kühle Abendluft nach der sättigenden Mahlzeit.

Als Cheryl an ihrem momentanen Zuhause ankam, entschloss sie sich noch ein bisschen auf der Veranda zu bleiben. Sie beobachtete zwei Rehe, welche die Straße Richtung Wohnmobilpark entlangtrotteten, offensichtlich auf der Suche nach Futter. Als Cheryl zum dunklen Himmel hochsah bemerkte sie, dass sie noch nie in ihrem Leben so viele Sterne gesehen hatte. Die Milchstraße konnte man in all ihrer Schönheit bewundern. In L.A. sah man die Sterne wegen der tausenden von Straßenlichtern nur äußerst selten.

Auch die Stille war eine neue Erfahrung für sie. Cheryl hätte es nie geglaubt, wenn ihr jemand das gesagt hätte, aber sie genoss tatsächlich diese Ruhe und die Dunkelheit, die sie einhüllte.

Sie studierte den nächtlichen Himmel, wurde aber plötzlich von einem sanften Flüstern überrascht. „Mae!" Cheryl schaute sich um, aber es war niemand zu sehen.

Vielleicht habe ich mich getäuscht und das waren nur Geräusche von der Straße. Sie entspannte sich wieder und schaukelte mit dem Schaukelstuhl vor und zurück und der Stuhl produzierte dabei ein rhythmisch-knirschendes Geräusch. Da erklang die Stimme abermals. „Mae, komm zu mir, meine Liebe!"

Cheryl lauschte angestrengt in die Dunkelheit. Noch immer sah sie niemanden vor dem Haus. Sie schüttelte ihren Kopf und ging rein. *Meine Ohren gaukeln mir wohl was vor. Als Stadtmädchen bin ich eben nicht an die Geräusche der Wüste gewohnt. Oder vielleicht lullt mich auch das mächtige Abendessen ein.*

KAPITEL FÜNF

***

Zarte Strahlen silbernen Mondlichts badeten die schlafende Stadt. Um halb drei Uhr morgens wartete das berühmte Theater am Ende der Straße und war bereit Gäste zu empfangen, so wie es immer gewesen war, seit das Gebäude im Winter von 1881 das erste Mal seine Türen öffnete.

Ein sanftes Flüstern erklang aus der Loge neben der Bühne. „Sie ist zurück, genauso wie sie es vor vielen Jahrzehnten versprochen hat. Mae ist zurückgekommen! Dieses Mal werde ich sie nicht gehen lassen. Sie gehört zu mir und sie gehört nach Tombstone."

Die tiefe, angenehme Stimme verblasste in die Dunkelheit, zusammen mit dem Aroma von Kirschtabak Zigarren. Er hatte es nicht eilig, was ihre Rückkehr betraf, denn er hatte bereits hundertvierzig Jahre hinter diesen alten Mauern auf sie gewartet. Für ihn fühlte es sich wie einzelne Tage an. Es würde keinen Unterschied machen noch ein wenig länger zu warten. Schließlich hatte er die Ewigkeit auf seiner Seite. Sie würde ihren Weg zu ihm finden - dessen war er sich sicher.

Cheryl schlief tief, aber beängstigende Träume über Galgen, an denen die Schlingen des Henkers hin und her schaukelten, verfolgten sie. Am nächsten Morgen gähnte sie herzhaft und war trotz der acht Stunden Schlaf noch immer müde. Eine zweite Tasse starken Kaffees sollte ihr dabei helfen zu vertuschen, wie erschöpft sie sich fühlte, als sie zum Museum kam. Cheryl wollte vor ihrem Vorgesetzten oder den Besuchern nicht launisch erscheinen.

Die folgenden Tage vergingen wie im Flug. Das Courthouse Museum hatte mehr Besucher an den Wochenenden und Cheryls Abende waren mit Schreibarbeiten für ihre Studienarbeit und dem Lernen in den Tourismusmanagement Büchern erfüllt.

Lärm drang Freitag- und Samstagnacht von den Saloons zu ihr rüber, aber Cheryl mied diese Lokale an den Wochenenden, denn sie waren zu später Stunde meistens mit betrunkenen Männern bevölkert. Auch einige Frauen sprachen dem Alkohol stark zu, hauptsächlich diejenigen, die sich wichtigmachen oder als taff gelten wollten.

Cheryl machte sich nichts aus dem Trinken und sie wusste nur zu gut, wie sehr Alkohol das Benehmen der Menschen veränderte und meistens nicht zum Besseren.

Am Montag lud Dorothea die Studentin ein, sie zum Einkaufen in der Nachbarstadt Sierra Vista zu begleiten. Diese lag etwa zwanzig Meilen entfernt von Tombstone und Cheryl nahm das Angebot gerne an. Es war schön mal für ein paar Stunden aus der Stadt zu kommen und ihre Vorräte aufzustocken war eine gute Idee, denn sie konnte es sich nicht leisten jeden Tag in den Restaurants zu essen. Das würde ihr Budget zu schnell zum Schmelzen bringen.

Dorothea verschaffte ihr einen Überblick über alle Geschäfte, die in Sierra Vista zu finden waren. Sogar einen Friseur zeigte sie ihr, welcher Cheryl sicher einmal gelegen kommen würde. Die Studentin genoss die Gesellschaft der anderen Frau, denn die ältere Dorothea schien bei Weitem gebildeter, als Cheryl zuerst vermutet hatte. „Lebst du schon immer in Tombstone, Dorothea?" Cheryl hoffte, dass sie nicht zu neugierig erschien, aber sie wunderte sich, wie man wohl sein ganzes Leben in so einer kleinen Stadt verbringen konnte. Die Frau schüttelte ihren Kopf.

„Du wirst es vielleicht nicht glauben, aber wir haben mitten im Zentrum von San Diego gelebt."

Die jüngere Kalifornierin war sehr überrascht und zog erstaunt ihre Augenbrauen nach oben. „Was um alles in der Welt hat euch dazu gebracht, euch dann in so einer kleinen Siedlung wie Tombstone niederzulassen?"

„Nun, das erste Mal als wir unseren Fuß in diese Stadt gesetzt haben, waren wir mit unserem Wohnmobil auf Urlaubsreise unterwegs. Das war vor über zwanzig Jahren. Wir waren kreuz und quer durch ganz Arizona und Utah gefahren. Den Grand Canyon, Bryce Canyon, Arches National Park—all das haben wir gesehen. Auf dem Weg zurück nach San Diego hatten wir uns kurzerhand dazu entschlossen, die südliche Route zu nehmen und haben in Tombstone einen Zwischenstopp eingelegt.

Der Ort hat uns von der ersten Minute an fasziniert. Die reiche Geschichte der Stadt hat uns einfach gefangen genommen. Es ist schwer zu erklären, aber da ist irgendetwas an Tombstone was einen nicht mehr loslässt. Es ist fast, als ob man eine Reise zurück in eine andere Zeit unternimmt.

Wir sind danach oft zurückgekommen und als Bert von seinem Ingenieursjob pensioniert wurde, haben wir uns kurzerhand dazu entschlossen, hierherzuziehen.

Das Gute daran ist, dass die Lebenshaltungskosten hier auch sehr viel billiger sind im Vergleich zu San Diego. Dann, zwei Jahre nachdem wir hierher zu gezogen waren, wurde die Stelle als Direktor des Museums frei und wir haben sie angenommen. Aber einmal im Jahr machen wir immer noch Ferien mit unserem Wohnmobil.

Ich muss zugeben, dass uns Kalifornien mittlerweile wirklich zu hektisch und überfüllt ist. Wir wären niemals dazu versucht, dorthin zurückzukehren und dort wohnen zu wollen. Wenn wir unterwegs sind bevorzugen wir Reiseziele wie Utah, New Mexico oder auch Colorado. Nein, meine Liebe, ich vermisse Kalifornien überhaupt nicht."

Ich könnte mir niemals vorstellen in einer Stadt zu leben, die die Größe eines Dorfes hat. Ich brauche die kalifornische Kultur, die Sporteinrichtungen, die Tages Spas, Shoppingcenter, Hollywood und all die außergewöhnlichen Restaurants. Ich würde wahrscheinlich an Langeweile sterben, wenn ich in einem Ort wie Tombstone leben müsste und das auch noch für immer. Nicht zu vergessen, der Tratsch, der einem überall hin verfolgt, wenn man in einer solch kleinen Gemeinde lebt. Ich liebe mein Leben in der großen Stadt. Ja, okay, die Kriminalität ist schon schlimm und der Verkehr und die Luftverschmutzung sind entsetzlich. Und in einem Punkt hat Dorothea schon recht, die Lebenshaltungskosten sind schlichtweg zu hoch, wenn man in Kalifornien lebte. Aber man kann halt nicht alle Annehmlichkeiten ohne das Negative haben. Es gibt immer zwei Seiten, eine Gute und eine Schlechte. Aber diese Gedanken behielt Cheryl natürlich für sich, denn sie wollte Dorothea nicht beleidigen.

Die beiden Frauen genossen einen großen Salatteller mit Eistee und gingen nach dem Mittagessen los, um ihre Lebensmittel zu kaufen. Cheryl war überrascht über die große Auswahl an europäischen Lebensmitteln in den Läden. Dorothea erklärte ihr, dass die Auswahl zurückzuführen sei auf die nahegelegene Militärbasis von Fort Huachuca. Of-

fensichtlich hatten die Jungs von der Armee ihre Vorliebe
für allerlei Spezialitäten aus der ganzen Welt mitgebracht.
Und manchmal sogar eine Ehefrau von Übersee. Es war
also kein Wunder, dass man polnische Rauchwürstchen,
deutsches Schwarzbrot oder sogar Schwarzwälder Schink-
en in den hiesigen Lebensmittelgeschäften kaufen konnte.

Auf dem Weg zurück unterhielten sie sich über das Haus
in dem Cheryl momentan wohnte.

„Ich liebe es wirklich. Es ist sehr hübsch eingerichtet
und obwohl es klein ist, wirkt es richtig kuschelig und man
fühlt sich darin wohl."

Dorothea nickte. „Es war der Besitz einer echten Bordell
Chefin von Tombstones Rotlichtbezirk. Sie war eine meiner
Vorfahren." Cheryl wurde rot, aber Dorothea lachte nur.

„Es gibt nichts, wofür man sich schämen müsste. In
jenen Tagen hatten die Frauen nicht viel Auswahl, wenn
es darum ging, wie sie eigenes Geld verdienen konnten.
Es gab einen unglaublichen Bedarf an Ladies der Nacht
in Tombstone oder sagen wir besser, im ganzen Westen.
Die Männer waren in großer Überzahl. Daher bezahlten
die Schürfer und Spieler, genauso wie die Revolverhelden
und Cowboys jeden Preis, um ein bisschen Aufmerksamkeit einer Lady zu bekommen, auch wenn diese gar keine
Lady war. Bis zu einem gewissen Grad könnte man sogar
sagen, dass die Männer schon damals den Wert einer Frau
viel besser zu schätzen wussten als heutzutage. Es ist also
kein Wunder, dass viele Frauen damals diese Quelle eines
regelmäßigen Einkommens für sich entdeckten. Manche
schlugen diesen Weg freiwillig ein, aber die meisten hatten
keine andere Wahl."

Cheryl hatte es noch nie von dieser Seite betrachtet und
sie musste Dorothea recht geben.

„Falls du dir Sorgen machst, kann ich dir versichern, dass Crazy Anne niemals ihre Tätigkeit in dem Haus ausgeführt hat, indem du nun wohnst. Im Gegenteil, sie hat eines der bekanntesten Bordelle der Stadt geführt. Sie war eine der berühmtesten, gefallenen Engel in der Stadt und trat hauptsächlich im Bird Cage Theater in der Allen Street auf."

„Was meinst du mit *trat auf*?"

Dorothea lächelte.

„Naja, sie führte eine sehr erfolgreiche Gruppe von Can Can Tänzerinnen an, die gewagte Choreografien in sehr freizügigen Kostümen aufführten. Zumindest ist es das, was man den alten Dokumenten der Stadt entnehmen kann."

Cheryl war erstaunt über Dorotheas geschichtliches Wissen über die Vergangenheit Tombstones und den damaligen Rotlichtbezirk.

„Weißt du, Mädchen, manchmal lässt dir diese Stadt keine andere Wahl. Sie konfrontiert dich über kurz oder lang mit ihrer farbenprächtigen Geschichte, wenn du es am wenigsten erwartest. Tombstone hat seine ganz eigene Art mit einigen Leuten in ungewöhnlicher und manchmal tragischer Weise zu kommunizieren."

Cheryl hatte keine Ahnung was sie damit meinte und wartete auf eine weitere Erklärung, die aber nicht kam. Dorothea ließ das Thema so schnell fallen, wie sie es auf den Tisch gebracht hatte.

Der Rest des Tages ging sehr schnell vorüber und zu schnell für Cheryls Geschmack befand sie sich wieder auf der Veranda des Hauses, wo Dorothea sie abgesetzt hatte. Die Lebensmitteltüten in der einen Hand, winkte sie ihrer Freundin mit der anderen hinterher.

Es war ein schöner Tag gewesen. Sie verstaute ihre Lebensmittel, die sie gekauft hatte und freute sich auf die erweiterte Auswahl für das Abendessen. Sie brühte sich eine Tasse ihres geliebten Kaffees auf und setzte sich draußen in den Schaukelstuhl, der mittlerweile ihr Lieblingsplatz im Haus war.

Die Sonne ging in prachtvollen Rot- und Orange Tönen unter und ein einsamer Kojote heulte irgendwo zwischen den Hügeln hinter ihrem Garten.

Cheryl fühlte sich wohl und sie erinnerte sich mit einem Schmunzeln daran, wie sie zuerst gar nicht glücklich darüber gewesen war, für das Praktikum nach Tombstone geschickt worden zu sein. Nun liebte sie das vertraute, kleine Gebäude, indem sie vorübergehend wohnte. Ja, seltsamerweise fühlte sich das Haus wie ein richtiges Zuhause an.

KAPITEL SECHS

***

Lisa verließ den Saloon später als normalerweise und entgegen ihrer Gewohnheit, die direkte Route von Big Nose Kate´s zum Parkplatz hinter dem Hügel an der Rückseite des Bird Cage Theaters zu meiden, lief sie dieses Mal direkt an dem dunklen Gebäude vorbei.

„Zum Teufel mit diesem verdammten alten Bordell!", murmelte sie wütend vor sich hin. Sie wollte einfach nur noch nach Hause. Sie war todmüde und ihr taten die Füße weh.

Sie hatte eine Doppelschicht arbeiten müssen, denn einer der Barkeeper hatte sich per Telefon krankgemeldet und behauptet er hätte die Grippe, und das gerade mal eine knappe Stunde bevor seine Schicht begonnen hätte. So musste Lisa weitere fünf endlos erscheinende Stunden im Lokal bleiben.

Sie war wütend auf ihren Chef, denn er hatte von ihr verlangt die zusätzlichen Stunden zu übernehmen, aber sie brauchte den Job und hatte sich daher nicht getraut sich zu weigern.

Wenigstens hatte Lisa heute gute Trinkgelder bekommen. Ihr Verlobter war wahrscheinlich sauer, denn sie hatte das geplante Kino Date in Sierra Vista absagen müssen.

Sie lief gerade schnellen Schrittes am Haupteingang des dunklen Gebäudes vorbei, als sie ein Stöhnen hörte. *Müssen wohl die alten Adobe Lehmwände sein. Die haben sich sicher den Tag über mächtig aufgeheizt und kühlen nun rasch aus,* dachte sie.

Das passierte ständig in den alten Gebäuden entlang der Hauptstraße. Sie nahm es kaum noch zur Kenntnis. Als sie um die Ecke des historischen Theaters bog, war es an dessen Rückseite so dunkel, dass sie kaum ihr Auto erkennen konnte.

Dieser verfluchte Stadtrat! Noch immer haben sie nicht die versprochenen, zusätzlichen Straßenlaternen installieren lassen. Es hieß doch, dass Straßenbeleuchtung bis hin zu diesem Parkplatz verlegt werden sollte!

„Verdammt, wäre es für die Touristen, wäre der Platz wohl bereits stärker beleuchtet wie ein kitschiger Weihnachtsbaum", fluchte sie entrüstet vor sich hin, während sie versuchte, im schwachen Licht ihres Handys zu ihrem Auto zu laufen, ohne zu stolpern.

„Ein Silber Dollar müsste wohl genug für dich sein, kleiner Vogel!"

Lisa wirbelte herum und verlor dabei fast ihr Gleichgewicht auf ihren quälenden Stilettos, als sie versuchte herauszufinden, woher die Stimme gekommen war.

Ihr war nicht nach einem schlechten Witz eines betrunkenen Feiglings, der sich wohl hinter einer Ecke versteckt hielt, zumute. Sie schaute zurück zur Allen Street, aber niemand war zu sehen. Sie schüttelte ihren Kopf und wollte gerade zu ihrem Auto weitergehen, als Lisa die Stimme abermals hörte.

„Komm hierher. Ich sagte, ich werde dich gut bezahlen!"

Lisa schaute nochmal über ihre Schultern und war nun äußerst besorgt. Kalter Schweiß stand auf ihrer Stirn.

„Wer sind Sie? Ich habe Pfefferspray und rufe die Cops, wenn Sie mich nicht in Ruhe lassen!"

Aber es kam keine Antwort. Die Kellnerin drehte sich um, bereit loszurennen. Als sie die Mauer auf der Rückseite des ehemaligen Bordells passierte, öffnete sich plötzlich eine alte Holztüre. Die ganzen Monate in denen Lisa im Big Nose Kate's arbeitete, hatte sie noch nie die alte Türe an der Rückseite des Bird Cage Theaters wahrgenommen. *Seltsam, ich kann mich gar nicht daran erinnern, dass es einen weiteren Ausgang gibt*, wunderte sie sich.

Aber bevor sie darüber genauer nachdenken konnte, wurde sie mit eisernem Griff in ihrem Genick brutal zurückgerissen und in das dunkle Gebäude gezogen. Sie versuchte sich gegen den dunklen Schatten eines Mannes, den sie noch nie zuvor im Leben gesehen hatte, zur Wehr zu setzen.

Sie kämpfte, um sich loszureißen, aber hatte keine Chance. Die Türe schloss sich hinter ihr mit einem quietschenden Geräusch. Ihre Schreie verklangen ungehört im Keller des Museums. Niemand sah was passierte und keine Menschenseele kam, um ihr zu helfen.

Am nächsten Morgen fuhren Touristen und Bewohner der Stadt den kleinen Hügel hinter dem Zentrum hinab und parkten ihr Auto neben Lisas kleinem roten Wagen. Der Tag versprach geschäftig zu werden.

Die Leute gingen an dem Gebäude, welches einst als historisches Bordell und Saloon bekannt gewesen war vorbei und schenkten dabei der schlichten Adobe Wand aus Lehm mit ihrer verblichenen, abblätterten Farbe keine Aufmerksamkeit. Dort gab es auch außer ein paar trockenen

Grasbüscheln nichts zu sehen. Der Haupteingang zum Bird
Cage Theater lag zur Seite der Allen Street und die Rückseite des Etablissements hatte weder Ein- noch Ausgang
für dessen Besucher.

Der Eigentümer von Big Nose Kate's Saloon war sauer
auf seine Angestellten.

„John, mein Barkeeper hatte wenigstens so viel
Mumm anzurufen, um sich krank zu melden. Aber Lisa
ist wahrscheinlich so beleidigt, weil sie Johns Schicht
übernehmen musste, dass sie nicht einmal anruft, um mir
mitzuteilen, wo zum Henker sie eigentlich steckt. Kommt
einfach nicht zur Arbeit! Kannst du das glauben? Ich sag
dir, es wird von Jahr zu Jahr schwieriger gutes Personal
zu finden."

Sein Freund stand an der Bar, schlürfte seinen heißen
Kaffee und nickte dabei verständnisvoll. Er war der Besitzer des großen Souvenir Shops gegenüber und hatte im
Laufe der Jahre selbst so manch unliebsame Erfahrung mit
unzuverlässigen Mitarbeitern gemacht.

Er spülte den Rest des schwarzen Gebräus runter und
sie wünschten sich gegenseitig einen umsatzreichen Tag.
Während der Saloon Besitzer seinem Kumpel hinterher-
schaute, wie dieser die Straße überquerte und seinen Laden
aufschloss, schimpfte er immer noch über Lisa.

Achtundvierzig Stunden vergingen und niemand hörte
etwas von der Kellnerin. Ihr kleines rotes Auto stand verlassen in der flirrenden Hitze des Tages auf dem großen
Parkplatz. Niemandem fielen die glänzenden Autoschlüssel
auf, die zwischen den Grasbüscheln an der Rückseite des
alten Bird Cage Gebäudes lagen.

Kapitel Sieben

Cheryl war nun seit mehr als drei Wochen in der Stadt.

Sie hatte mittlerweile die ganze Geschichte über die berühmte Schießerei am O.K. Corral zwischen den Earp Brüdern, Doc Holliday, und einer Bande von Cowboys erfahren. Nun kannte sie auch ein paar Fakten über den berüchtigten Doc Holliday.

Sie fragte sich, was die Männer, die in den tödlichen Konflikt verstrickt gewesen waren wohl sagen würden, wenn sie wüssten, dass ihr tödlicher Ruf noch heute gefeiert wurde. Manche Leute sahen die Beteiligten sogar als eine Art Nationalhelden an.

In Cheryls Augen war das keine Heldensaga, sondern die logische Konsequenz eines lange schwelenden Konflikts in einer Zeit, in der jeder Waffen trug und sie auch benutzte, um eine Diskussion oder einen Streit für sich zu entscheiden.

Sie schüttelte immer ihren Kopf, wenn sie die erwachsenen Männer betrachtete, die als sogenannte re-enactors sich als Wyatt Earp, Doc Holliday, oder auch als Cowboy Gang Anführer Curly Bill und Johnny Ringo verkleideten. Sie alle schienen diese Rolle zu leben und sich nicht nur zu kleiden wie die Pistolenhelden längst vergangener Tage.

Die Studentin hatte die verschiedenen Saloons bereits öfters besucht und mochte ihre Atmosphäre. Dennoch mied sie die Lokale an den Wochenenden. Zu viele Betrunkene versuchten mit ihr zu flirten – teilweise auf widerwärtige Art. Sie wurde als die "neue Beute" in der Stadt gesehen und dementsprechend wollten einige mit ihr anbandeln.

Aber Cheryl war an keinem der Männer interessiert. Sie bevorzugte die gebildeten Männer, wenn möglich gutaussehend oder zumindest gut gekleidet. Und da war noch etwas. Cheryl hatte eine Vorliebe für langes, welliges Haar. Sie wusste nicht, warum das so war, aber es war schon immer so gewesen.

Heutzutage trugen die meisten Männer einen fast militärischen Haarschnitt oder rasierten sich sogar den Schädel, was Cheryl eher abstoßend fand. Sie konnte sich langen Tagträumen über einen Liebhaber hingeben, dessen langes Haar über ihre nackte Haut streicheln würde.

Schnell schüttelte sie ihre romantischen Gedanken ab. Es war an der Zeit das Courthouse Museum für den Tag zu schließen. Cheryl hatte sich dazu entschlossen einen Spaziergang entlang der Straßen, die früher zu der Blütezeit der Stadt einmal der Rotlichtbezirk gewesen waren, zu machen.

Sie hatte in letzter Zeit viel gelesen über Tombstones Vergangenheit und aus irgendeinem Grund war sie fasziniert von der Geschichte der anrüchigen, gefallenen Engeln der Stadt. Da alle Studenten ein langes Referat als Teil der Abschlussprüfung verfassen mussten, hatte die hübsche Kalifornierin beschlossen, über die Frauen der Nacht aus dem sündigen Distrikt Tombstones zu schreiben.

Dorothea hatte ihr großzügigerweise einen ganzen Stapel Bücher über die `beschmutzten Tauben´, wie die Prostituierten auch genannt wurden, geliehen, damit sie diese für ihre Studienzwecke nutzen konnte.

Cheryl hatte sich mittlerweile eng mit den McEntires angefreundet. Trotz des Altersunterschieds schätzte sie die beiden sehr und schätzte ihren Humor, ihre Schlagfertigkeit und Grad ihrer Bildung.

Die beiden waren sehr freundlich und manchmal trafen sich alle drei zu einem entspannten Abend und grillten zusammen.

Nun, vielleicht war es ja doch nicht so schlecht, dass man mich zu diesem Außenposten Tombstone geschickt hat, dachte Cheryl, während sie auf ihrer Veranda saß und ein

Sandwich mit saftigen Truthahnscheiben und einem Glas selbstgemachter Limonade genoss.

Sie stellte ihren Teller und das Glas in die Spüle in der Küche, nahm ihren warmen Schal und verließ das Haus. Sie wusste, dass sobald die Sonne unterging es dank der Höhenlage rasch kalt werden konnte.

Es war ein anderes Gefühl, wenn man die Straßen in der Dämmerung entlangging. Sie lief langsamer als sonst, denn für gewöhnlich hatte Cheryl einen zügigen Schritt.

Als sie die Sixth Street, wo sich das Zentrum des damaligen verruchten Viertels befand, entlanglief, erfüllte plötzlich das süßliche Aroma von Kirschtabak Zigarren die Luft. Cheryl schaute über die Schulter zurück, aber niemand war hinter ihr.

Muss wohl noch von jemanden stammen, der vor mir hier entlang ging. Cheryl inhalierte tief und mochte das Aroma des Kirchtabaks sofort, obwohl sie noch nie in ihrem Leben geraucht hatte. Es war ein angenehmer Duft und schien ihr seltsam vertraut. Als sie weiter ging schien ihr das Aroma sogar zu folgen.

Wahrscheinlich sind meine Geruchsnerven verwirrt dank all den Mesquite Büschen hier in dieser Gegend.

Zu ihrer Linken stand ein größeres Gebäude und sie entschloss sich an dessen Ecke zur Allen Street hinüber zu wechseln, denn die kleine Seitenstraße, auf der sie sich befand, schien zu den staubigen Hügeln außerhalb Tombstones Stadtgrenze zu führen. Die junge Frau drehte sich um und lief an dem ihr unbekannten Adobe Gebäude entlang.

Eine plötzliche Schmerzattacke ließ sie überrascht aufstöhnen. Es war wie der Stich eines Messers an ihrer Schläfe und als sie ihre Augen schloss erschienen grüne Funken hinter ihren geschlossenen Lidern. Ihr wurde schwindelig und sie musste sich an der Wand abstützen, um nicht hinzufallen. Ein seltsames Kribbeln breitete sich von den Fingerspitzen über die ganze Hand aus, bis sie schließlich taub wurde. Der Geruch des Kirschtabaks wurde schier überwältigend und Cheryl fühlte sich, als ob sie jeden Moment in Ohnmacht fallen würde.

„Mae, mein Sonnenschein! Mae!"

Sie hatte die Stimme schon einmal gehört. *Ja, neulich, als ich draußen auf der Veranda gesessen bin.* Die Taubheit kroch langsam über ihren Arm weiter.

„Miss, sind Sie okay? Kann ich Ihnen helfen?"

Der junge Biker schaute die blasse Frau an, die sich gegen die Wand gelehnt hatte. Zuerst hatte er sich angewidert weggedreht, weil er dachte sie wäre nur eine betrunkene Frau, aber dann hatte er den Schweiß gesehen, der ihr Gesicht bedeckte und bemerkt, dass sie trotz ihrer Sommerbräune blass wie ein Geist war. Irgendetwas stimmte nicht mit ihr und er entschloss sich dazu, ihr zu helfen. Er berührte sanft ihren Arm und konnte sie gerade noch auffangen, als sie in Ohnmacht fiel.

„Wahrscheinlich dehydriert," murmelte er, während er sie zu einer nahestehenden Bank auf der anderen Straßenseite trug. Er nahm schnell eine Flasche Wasser aus seinem Rucksack und schüttete etwas der kühlen Flüssigkeit in seine Handfläche, um ihr verschwitztes Gesicht zu erfrischen.

Sie wachte auf und schaute sich verwirrt um. „Wo bin ich?"

„Sie sind in Ohnmacht gefallen. Ich bring Sie besser in Ihr Hotel oder wo auch immer Sie wohnen. Brauchen Sie einen Doktor?"

Sie schüttelte ihren Kopf. „Nein, Danke! Ich fühle

mich schon besser."

„Okay. Dann laufe ich mit Ihnen zurück zu Ihrer Unterkunft. Ich möchte sicher gehen, dass Sie nicht stürzen oder wieder aus den Schuhen kippen." Cheryl nickte und dankte dem jungen Mann.

Hinter der Wand des historischen Gebäudes erklang ein wütender Schrei in der Dunkelheit. „Sie gehört mir! Ich bring sie zurück hierher!"

Ein dunkler Schatten einer ungewöhnlich blassen Frau hielt der wütenden Stimme eine Silbermünze entgegen. Ihr blutroter Lippenstift betonte zusätzlich die groteske Maske, zu der ihr Gesicht geworden war. Die Bewohner des Theaters hatten ihr einen neuen Namen gegeben. Sie hieß nun ʿSilber Dollar Elisabethʾ.

Aber von all dem hatte Cheryl nichts mitbekommen, als sie dem jungen Mann, der sie zum Haus begleitet hatte, dankte. Sie bot ihm ein Glas Limonade an, aber er lehnte dankend ab.

„Es wird Zeit, dass ich mich mit meinem Motorrad auf den Weg mache. Es wird rasch dunkel. Man sieht sich sicher irgendwann. Ich arbeite im Four Deuces Saloon am Ende der Straße. Ich heiße übrigens Morgan."

„Angenehm, Morgan. Ich bin Cheryl und bin dir dankbar für deine Hilfe. Ich habe keine Ahnung, warum es mir plötzlich so schlecht ging. Also dann, man sieht sich in der Stadt!"

Sie winkte ihm zum Abschied noch einmal zu, als er die Straße hinunterlief Richtung Four Deuces, wo er sicherlich auch sein Motorrad geparkt hatte.

Er sieht traurig aus und lässt den Kopf hängen. Netter Typ und auch gutaussehend. Der arme Kerl muss wegen irgendetwas deprimiert sein.

Cheryl hatte keine Ahnung, was während ihres Spaziergangs passiert war. Der plötzliche Migräne Anfall und die Taubheit im Arm waren so schnell verschwunden, wie sie gekommen waren. *Wie seltsam.*

Sie setzte sich auf ihren Schaukelstuhl, trank ihr zweites Glas Limonade und versuchte sich zu erholen. Cheryl fühlte sich etwas schwach und müde und entschloss sich, früh zu Bett zu gehen. Es würde ihr am nächsten Tag sicher wieder gut gehen.

Als sie sich Richtung Haustüre drehte, drang ihr abermals der schwache Duft von Kirschtabak Zigarren in die Nase. *Ich muss mir das wohl einbilden. Wahrscheinlich bin ich einfach ein bisschen erschöpft.* Sie ging nach drinnen und machte sich bereit zu Bett zu gehen.

Graue Kringel des Zigarrenrauchs bewegten sich in der kühlen Nachtluft, als ein großer Schatten sich an den Verandapfosten des kleinen viktorianischen Hauses lehnte. Die Frau schlief tief und traumlos in ihrem romantischen, antiken Eisenbett auf der anderen Seite der Wand.

Kapitel Acht

Am nächsten Morgen war eine Suchaktion der Polizei das Gespräch der Stadt als Cheryl am Courthouse Museum ankam. Sie fühlte sich erholt, denn sie hatte gut geschlafen und plante später im Dollar Store sicherheitshalber ein paar Migräne Tabletten zu kaufen, für den Fall, dass die Kopfschmerzen zurückkommen würden.

Als sie auf den Eingang zuging, sah sie den Sheriff und zwei der Arizona Ranger, die mit den McEntires sprachen. Cheryl fragte sich, ob wohl etwas passiert war.

Der Sheriff tippte zum Gruß an seinen Hut.

„Guten Morgen, Madam! Können wir Ihnen kurz ein paar Fragen stellen?"

Die junge Frau blickte den Mann verwirrt an und zuckte mit den Schultern.

„Sicher doch, schießen Sie los!"

Einer der Ranger öffnete eine Mappe und zeigte ihr die Kopie eines Fotos, welches eine Frau Anfang dreißig mit blondem Haar und starkem Make-up zeigte. „Haben Sie diese Lady die letzten Tage gesehen?", fragte der Sheriff.

Cheryl kam das Gesicht bekannt vor. Nach einer Minute Bedenkzeit wusste sie, wo sie die Frau schon einmal gesehen hatte. „Ich sah sie im Big Nose Kate's Saloon. Das war vor ein paar Tagen. Warum?"

Der zweite Ranger gab ihr die Visitenkarte des Büros des Sheriffs. „Ihr Name ist Lisa Callaghan. Sie wird vermisst, aber ihr Auto ist immer noch in der Stadt geparkt. Die Frau ist vor drei Tagen einfach nach ihrer Abendschicht spurlos verschwunden. Wenn Sie von ihr irgendetwas sehen oder hören, lassen Sie es uns bitte wissen!"

Verschwunden? Cheryl bekam Gänsehaut und rieb sich über die Arme. Das klang nicht gerade wie die Art Nachrichten, die man in einer kleinen Stadt wie Tombstone erwartete.

„Vielleicht ist sie mit einem netten Mann durchgebrannt?"

Der Sheriff schüttelte den Kopf über den Vorschlag. „Niemals! Sie ist Morgans Freundin. Der Junge ist der Barkeeper im Four Deuces. Er hat sie in ganz Cochise County gesucht. Die beiden planen in zwei Monaten zu heiraten. Nein, Lisa würde niemals mit nem anderen Typen durchbrennen. Sie ist manchmal schon übellaunig, aber sie ist verrückt nach Morgan und so wie ich es einschätze, ist er auch wahnsinnig verliebt in sie. Wir haben ihn bereits befragt. Er ist am Boden zerstört und hat keine Ahnung, wo sie sein könnte."

Cheryl erinnerte sich an den traurigen Gesichtsausdruck des jungen Mannes, der sie gestern nach Hause gebracht hatte. *Kein Wunder, dass er so deprimiert war. Es ist also seine Freundin, die verschwunden ist. Wo um alles in der Welt könnte sie stecken?* Cheryl ging tief in Gedanken versunken ins Courthouse Museum.

Lisa blieb einige Tage lang das Hauptgesprächsthema der Stadt. Einige vermuteten, dass sie doch mit irgendeinem Cowboy auf und davon wäre, und sich vor der geplanten Hochzeit drückte. Ein paar andere verdächtigten Morgan, dass er doch etwas mit ihrem Verschwinden zu tun hätte.

An dem Tag, an dem die lokalen Behörden schließlich die Suche nach Lisa abbrechen wollten, wurden ihre Autoschlüssel hinter dem Bird Cage Theater gefunden. Nun kam das Gerücht eines möglichen Verbrechens auf, was nicht nur Touristen, sondern auch einige Frauen der Stadt in Angst versetzte. War es sicher die Straßen von Tombstone bei Nacht zu betreten?

Cheryl und Dorothea hatten sich zum Abendessen im mexikanischen Restaurant `Margarita's´ verabredet. Dorothea schien gedankenverloren und ruhiger als sonst zu sein. Cheryl fragte sie, ob etwas nicht in Ordnung wäre und nach einem Moment des Zögerns sprach ihre neue Freundin, aber ihre Stimme war kaum mehr als ein Flüstern.

„Weißt du, Lisa ist nicht die erste Frau, die in dieser Stadt spurlos verschwindet." „Was meinst du damit?", fragte Cheryl und legte ihre Gabel beiseite.

„Nun, ich habe viel Recherche über die Geschichte der Stadt betrieben, teilweise für das Museum und teilweise aus persönlichem Interesse. Dabei bin ich auf ähnliche Geschichten von Frauen gestoßen, die während der letzten Jahrzehnte verschwunden sind. Manche dieser Fälle wurden nicht ernst genommen, denn ein paar der Frauen hatten, nun… wie soll ich es ausdrücken, sagen wir mal einen nicht astreinen Ruf.

Soweit ich weiß verschwanden vier Frauen, wenn man Lisa dazu zählt. Vier Frauen, die sich scheinbar in Luft aufgelöst haben. Die Polizei konnte nie einen Kriminalfall daraus entwickeln, weil man keine Leichen oder Hinweise auf ein Verbrechen gefunden hat. Aber sind wir mal ehrlich, die ganze Gegend hier ist voller stillgelegter Minen Stollen. Es würde überhaupt keine Schwierigkeit bereiten, eine Leiche für immer verschwinden zu lassen, ohne eine Spur zu hinterlassen."

Cheryl war geschockt. Sie hätte solche Nachrichten eher in L.A. erwartet, aber doch nicht hier in dieser kleinen Western Gemeinde in einer so dünn besiedelten Gegend. Dorothea musterte ihr Essen auf dem Teller und schwieg einen Moment. Als sie wieder sprach, klang ihre Stimme traurig.

„Was ich herausgefunden habe ist, dass die Frauen anfingen zu verschwinden, nachdem die Minen aufgegeben wurden. Damit verkümmerte auch das Nachtleben und dessen Entertainment. Das Bird Cage und die meisten Saloons wurden 1889 geschlossen. Das war direkt nach der Blütezeit des Silber Booms.

Zuerst hatte ich den Verdacht, dass ein einziger Mann, der die jungen Frauen entführte, dahintersteckt. Aber zwischen den einzelnen Vorfällen liegen so viele Jahre, dass es unmöglich ein und derselbe Mann sein kann, der für alle vier Fälle verantwortlich ist.

Das traurige daran ist, solange es keine Beweisstücke gibt oder noch schlimmer, Skelette, können weder die Polizei noch das FBI die Geschichte weiterverfolgen. Die Akten wurden einfach geschlossen und sind nun sogenannte kalte Fälle, die nie gelöst wurden. Man hat keinerlei

Spuren von den Frauen gefunden, aber sie alle hatten eine Sache gemeinsam. Alle vier haben in Tombstones Saloons gearbeitet und alle wurden das letzte Mal am späten Abend gesehen und waren am nächsten Morgen wie vom Erdboden verschluckt."

Der kalifornischen Studentin lief es eiskalt den Rücken runter. *War es* möglich*, dass in dieser,* für den *Fremdenverkehr so wichtigen Westernstadt mit ihrem reichen geschichtlichen Erbe tatsächlich Verbrechen dieses Kalibers stattfanden?*

Cheryl entschloss sich kurzerhand dazu, selbst ein paar Fakten zu recherchieren und mehr über Tombstones jüngere Vergangenheit nach dem berühmten Schusswechsel am O.K. Corral herauszufinden. Sie würde am einzigen Ort, den sie bislang noch nicht besucht hatte, beginnen – dem berühmten Bird Cage Theater.

Da sie den folgenden Tag frei hatte, entschied sie sich dazu, gleich am Vormittag die berühmte Touristenattraktion zu besuchen. Heutzutage war in dem Gebäude ein bekanntes Museum untergebracht und das Bird Cage war ein absolutes Muss, wenn man den Leuten der Stadt Glauben schenken wollte.

Da sie sich das Gebäude genau anschauen wollte, plante sie direkt nach dem Frühstück los zu gehen, um größere Gruppen von Touristen zu meiden. Sie wollte die Ausstellungsstücke ungestört betrachten können. Alles was Cheryl über das Gebäude wusste war, dass es einst nicht nur ein Theater, sondern auch ein berühmtes Bordell, ein Saloon und ein Tummelplatz für Pokerspieler gewesen war. Also definitiv nicht ein Ort, an den *Mann* seine Ehefrau und Kinder zu einem Besuch ermunterte.

Cheryl erinnerte sich daran, wie sie vor einigen Tagen

hinter dem Gebäude in Ohnmacht gefallen war. Aber diesmal war sie vorbereitet. Sie packte eine Flasche Wasser und einen Schokoladenriegel in ihre Tasche. *Wahrscheinlich hatte ich an jenem Tag lediglich mit niedrigem Blutzucker zu kämpfen.*

Die Lady an der Eingangstüre, die für die Tagesschicht eingeteilt war, begrüßte sie freundlich. „Hey, na endlich schaffst du es unser Museum zu besuchen. Herzlich willkommen! Ich bin Heather!" Wie es schien war die Tatsache, dass Cheryl im Courthouse Museum arbeite in der ganzen Stadt bekannt.

„Ich bin Cheryl. Es freut mich, dich kennenzulernen, Heather!"

„Lass es mich wissen, wenn du irgendwas an Informationen brauchst. Ich habe die Kasse noch nicht fertig, aber ich gebe dir heute ein freies Eintrittsticket. Vielleicht kannst du im Gegenzug unser Museum ein wenig unter den Besuchern des Courthouse empfehlen. Du weißt ja, wie das ist. Eine Hand wäscht die andere."

„Das ist sehr nett von dir, und ja, ich vermute mal, dass ich mit einigen Fragen für mein Studium auf dein Angebot zurückkommen werde. Und natürlich erzähle ich den Leuten vom berühmten Bird Cage Theater."

„Frag so viel wie du willst, Süße." Heather übergab Cheryl das Eintrittsticket und zeigte gleichzeitig auf eine Türe, die zum Hauptraum des Museums führte. Die frühe Besucherin jedoch verblieb noch etwas in dem vorderen Raum und bewunderte die wunderschön gearbeitete Bar, die aus einem dunklen Hartholz mit einem großen Spiegel an der Rückseite gearbeitet war. Auf der gesamten Länge des Spiegels verliefen Ablagen, auf denen antike Alkoholflaschen standen.

Eine schmale Treppe am anderen Ende des Raumes führte nach oben auf eine Galerie unterhalb der hölzernen Decke des Theaters. Cheryl ging langsam auf die ausgetretenen Stufen zu, aber plötzlich fing sie an zu zittern und fühlte sich, als ob etwas oder jemand sie davon abhalten wollte näher heranzutreten.

„Das war die Treppe, die nach oben zu den sogenannten Logen führte. Die Mädchen, die da hinauf gingen, haben die männlichen Gäste auf ganz andere Art unterhalten wie die auf der Bühne, wenn du verstehst was ich meine."

Heather lachte und zwinkerte Cheryl zu. „Tatsächlich machte man da oben eher den billigen Umsatz. Meistens gingen schmutzige Schürfer und verschwitzte Cowboys nach oben, um etwas weibliche Aufmerksamkeit zu bekommen. Diejenigen, die es sich leisten konnten mehr Geld auszugeben, durften eine der Frauen aus dem unteren Stockwerk für sich buchen", erklärte Heather ihrer Besucherin.

Cheryl starrte Heather an. „Meinst du damit, dass es tatsächlich verschiedene Klassen der Prostituierten gab?"

Heather nickte. „Oh ja, meine Liebe! Diejenigen, die jung, hübsch und gebildet waren, konnten ein richtiges Vermögen als `beflecktes Täubchen´, wie sie oft genannt wurden, verdienen. Aber die älteren oder hässlichen, die Chinesinnen und Mexikanerinnen…, die wurden oft misshandelt und mussten ihre Körper für wenig Geld verkaufen. Die meisten von ihnen bekamen Krankheiten oder nahmen sich sogar das Leben, indem sie Gift tranken. Aber wie ich bereits sagte, einige dieser gefallenen Engel waren fast wie Filmstars heutzutage und haben richtig dicke Kohle gemacht."

Cheryl war fasziniert und schaute sich die Gegenstände im Eingangsbereich des ehemals berühmten Saloons genau an. Sie entdeckte eine Art antike Musikbox und ein großes Ölgemälde, das eine exotische Tänzerin mit drei Brüsten darstellte.

Heather deutete auf das Bild. „Darf ich dir Fatima, auch bekannt als Little Egypt, vorstellen? Sie war tatsächlich Bauchtänzerin, die hier oft auftrat. Ob sie wirklich drei Brüste hatte, kann ich dir nicht sagen. Wir haben dafür nie Beweise gefunden. Aber sie war eine der Tänzerinnen in unserem Etablissement. Eins ist sicher, diese Stadt hatte seit ihrer Gründung einige kuriose Bewohner."

Cheryl dankte Heather und drehte sich schließlich zu der Tür um, die in den Hauptbereich des Museums führte. Als sie durch den Türrahmen trat, bemerkte sie wie dunkel und kühl es hier drin war. Als die Türe sich hinter ihr schloss, fühlte es sich an, als ob sie in ein Vakuum längst vergessener Tage gezogen wurde. Sie blickte sich um, aber wusste gar nicht, wo sie mit der Besichtigung beginnen sollte.

Auf der anderen Seite des Raumes, der eher ein großer Saal war, sah Cheryl die Bühne mit ihren alten, staubigen Vorhängen an den Seiten. An ihnen baumelten goldene Fransen. Die weinrote Farbe des Samtes war ausgeblichen und die Vorhänge hingen traurig von der hohen Decke herab. Ein altes Klavier stand stumm vor der Bühne. Unterhalb der Decke waren die Logen untergebracht, von denen aus man ursprünglich einen guten Blick auf die Bühne gehabt haben musste. Diese Logen waren kaum möblierte Nischen, die mit einem einfachen, schmalen Holzbett und alten, verblichenen Wolldecken ausgestattet waren. In jeder Loge, auch oft als `Cribs´ bezeichnet, stand eine Petroleumlampe, die einst ein gedämpftes Licht spendete. Es gab kaum genug Platz, um sich um das schmale Bett herum zu bewegen, aber Cheryl vermutete, dass dies den zahlenden Schürfern egal gewesen war.

Das Museum Management hatte diese Logen mit klein-
en Spots beleuchtet und so sah man auch die alten, einst
prunkvollen Tapeten mit ihren verschiedenen Mustern.
Einige von ihnen schälten sich bereits von den Wänden.

Auch hier hingen verblichene Samtvorhänge auf beiden
Seiten dieser Balkon ähnlichen Nischen herab. Wasser-
flecken von offensichtlich undichten Stellen des Daches
zeichneten sich an der Holzdecke ab. Erstaunt stellte Cheryl
fest, dass es unzählige kleine Löcher in der Decke gab.

Mein Gott, das müssen Einschüsse von Pistolen sein!
Ihre Fantasie beschwor das Bild von Leuten herauf, wie
diese wild aufeinander oder in die Decke geschossen
hatten, vielleicht angefeuert vom Konsum des Alkohols.
Hier drin muss sich der reinste Irrsinn abgespielt haben!
Wie sonst hätten sie dieses Risiko in einem voll besetzten
Lokal eingehen können?

Sie schüttelte ihren Kopf ungläubig und wandte sich
dann den einzelnen Vitrinen zu. Wunderschöne und interessante Gegenstände von viktorianischem Porzellan, bis
hin zu medizinischen Instrumenten, Silberbesteck, Waffen
und sogar ein alter Spieltisch waren zu bestaunen. Der
ganze Saal war gefüllt mit unzähligen Artefakten. Kleider
und alte Musikinstrumente, sowie zahlreiche Pistolen und
Gewehre flüsterten den Besuchern Geschichten von längst
vergangenen Tagen und ihren Helden und Schurken zu.

In der Ecke stand ein Faro Tisch, an dem, laut der kleinen
Tafel daneben, bereits Doc Holliday selbst gespielt haben
soll. Cheryl bewegte sich von Schaukasten zu Schaukasten
langsam auf das Klavier vor der Bühne zu. Schließlich legte
sie sanft eine Hand auf die Tasten des alten Instruments
und ein schwacher, schlecht gestimmter Ton erklang. Die
Tasten unter ihren Fingerspitzen fühlten sich seltsam an und

es kribbelte an ihren Fingern, als ob das Tasteninstrument ihre Berührung erwidern würde. Schnell zog Cheryl ihre Hand zurück. Sie war eiskalt.

An der linken Seite der Bühne führte eine kleine schmale Holztreppe dahinter. Eine einzelne Loge war noch immer neben dieser Treppe erhalten. In ihr stand ein kleiner Holztisch, ein simpler Stuhl und ein Set Pokerkarten lag auf dem Tisch. Daneben stand eine Flasche Whiskey, scheinbar nur auf den nächsten Spieler wartend. Cheryl schloss ihre Augen und plötzlich umhüllte sie wieder das Aroma von Kirschtabak Zigarren.

Als sie ihre Augen wieder öffnete, stand sie immer noch vor dem Klavier, aber bei Gott, der Raum schien nicht mehr derselbe zu sein. Es war laut und Rauch unzähliger Zigarren stand in dichten Wolken in der Luft. Der ganze Saal war überfüllt mit Leuten. Die meisten waren Männer, gekleidet wie Cheryl es aus Büchern und alten Westernfilmen kannte.

In der Luft lag der Gestank von Schweiß, Zigarrenqualm und Schießpulver. Das Klavier spielte eine lebhafte Polka und das ganze Etablissement vibrierte vom Lärm des fröhlichen, weiblichen Gelächters und unzähligen rauen Männerstimmen.

Das Klirren der Gläser, gehalten von Männern, die sich gegenseitig zum Trinken ermunterten, klang in ihren Ohren nach. Eine singende Frauenstimme begleitete das Klavier. Sheryl sah, dass die Sängerin ein gewagt ausgeschnittenes, rotes Kleid mit engem Mieder trug.

Sie starrte diese Frau, deren Haar mit wunderschönen Elfenbeinkämmen nach oben gesteckt war, an. Ihr Gesicht war blass gepudert und ihre Wangen und Lippen rot gefärbt. Als Cheryl realisierte, dass sie den staubigen alten Vorhang der Bühne durch den Körper der Sängerin hindurch schimmern sah, überzog eine Gänsehaut ihre Arme.

Wo kommen denn plötzlich all diese Leute her? Sie hatte den Raum allein betreten, und nun war er voller Menschen, die dicht gedrängt in altmodischen Klamotten um sie herumstanden. *Was um alles in der Welt passiert hier? Hat das wieder mit meinem Kreislauf zu tun?*

Als Cheryl ihren Kopf von der Bühne Richtung der einzelnen Loge neben ihr drehte, blickte sie direkt in sein Gesicht. Langes, hellbraunes Haar fiel ihm bis über seine Schultern und ein gepflegt in Form geschnittener Schnauzbart verdeckte beinahe die Kurve seiner lächelnden Lippen, als er sie anschaute. In seinem grau- blauen Augen zeigte sich ein amüsiertes Funkeln.

„Hallo Mae. Endlich bist du hier, meine Liebe! Ich warte schon so lange auf dich!"

Cheryl fühlte nicht die Härte des Bodens vor der Pokernische. Sie war bereits bewusstlos, bevor ihr Körper aufschlug.

Kapitel Neun

Sommer 1881, Tombstone, Arizona Territorium

Mae stieg aus der Kutsche. Oh, wie sehr sie es hasste, auf diesen verfluchten Postkutschenrouten quer durch die Wildnis zu reisen.

Nicht nur war dies gefährliches Gebiet voller Schurken und abtrünnigen Apachen, sondern man konnte sich auch bei dem konstanten Geschaukel in dem Gefährt jeden Knochen im Körper brechen. Die Kutsche schüttelte einen nur so durch.

Sie fühlte sich, als ob jeder Zentimeter ihres Körpers voller Blutergüsse sein musste. Leider hatte sie keine andere Wahl. Die Zirkus Gruppe mit der sie als Sängerin und Tänzerin unterwegs war, zog von einer staubigen Schürfer Stadt zur nächsten. Sie hielten an und traten auf, wo immer sie eine Chance witterten etwas von dem Silber und Gold zu verdienen, dass die Minenarbeiter während ihrer halsbrecherischen zwölf Stunden Schichten aus Mutter Erde holten.

Als Mae aus der Kutsche und auf die staubige Straße stolperte, schaute sie sich um.

Überrascht stellte sie fest, dass Tombstone ein größerer Ort war, als sie erwartet hatte. Es gab viele Gebäude entlang der Hauptstraße und diese schien eine unglaubliche Anzahl an Saloons zu beherbergen.

Schau, schau, das Geld wird immer leichter an einem Ort ausgegeben, wenn der Whiskey frei aus vielen Fässern strömt.

Man sagte, dass Tombstone momentan die Stadt war, wo man sein musste. Viele Männer hofften auf den großen Fund und darauf, dass sie die Hauptader des Silbers finden würden. Das Silberfieber lockte täglich immer mehr Menschen in die Stadt.

Und diese Männer brauchten Abwechslung von ihrer harten Arbeit, genau so sehr wie sie das tägliche Essen und einen Platz zum Schlafen brauchten. Es wurde behauptet, dass die Saloons hier in Tombstone die vollen vierundzwanzig Stunden eines langen Tages geöffnet hatten, und das an sieben Tagen die Woche.

Die Zirkustruppe sollte die Gäste in einem Etablissement namens Bird Cage Theater unterhalten. Mae fand den Namen seltsam für ein Theater. Wie auch immer, dieses Haus der Unterhaltung hatte den Ruf eines der verruchtesten Tingeltangel Lokale des gesamten Südwestens zu sein. Es war definitiv wert eine Station auf der Tournee der Gruppe entlang der Pionierstädten zu sein.

Die Artistengruppe bezahlte eine einfache Unterkunft in einer Pension an der Fremont Street. Sie vergeudeten keine

Zeit, sondern packten rasch ihre großen Reisetruhen aus und bereiteten sich für den ersten Abend am Theater vor.

Sie sollten den Besitzer bei Sonnenuntergang an der Rückseite des Gebäudes treffen. Als die Gruppe dort ankam, konnten sie bereits den Lärm der johlenden Menge, der bis auf die geschäftige Straße drang, hören.

„Es scheint so, als ob da schon ein ganz schönes Spektakel im Gang ist", sagte Maes Freund Peter. Er war ein hervorragender Trickschütze und sehr beliebt, wo immer er auftrat. Unglücklicherweise gab es immer irgendwelche Narren, die versuchten, Peter zu einem Schießwettbewerb - Mann gegen Mann zu provozieren. Aber Peter war schlau genug jeder Art von tödlicher Schießerei auszuweichen.

Es würde die ganze Karneval Gruppe in knietiefe Schwierigkeiten bringen, wenn Peter die Gruppe verlassen würde, egal ob dies nun durch eine Kugel oder durch einen zornigen Lynchmob der Fall wäre. Mae hoffte, dass er auch hier jeglichen Ärger vermeiden könne, aber irgendwie hatte sie diesmal ihre Zweifel. Tombstones Ruf, dass die Stadt jeden Tag das Leben eines Mannes forderte, war weit über die Grenzen von Arizona gedrungen.

Peter klopfte laut gegen die hölzerne Tür an der rückwärtige Lehmwand des Theaters und holte Mae so aus ihren düsteren Gedanken. Sie mussten eine weitere Viertelstunde warten, bis endlich eine spärlich bekleidete junge Frau die Tür öffnete und vor ihnen stand. Mae war nicht im Geringsten überrascht.

Sie hatte ihren Teil an Prostitution entlang der gesamten Pionierfront des Landes gesehen und hatte in letzter Zeit sogar das Einkommen der Frauen von fragwürdiger Moral mit ihrem eigenen als Zirkus Sängerin und Tänzerin verglichen. Es schien, als ob die `befleckten Täubchen´ zum Teil ein sehr viel höheres Einkommen als Maes magere Gage als Zirkus Sängerin und Tänzerin erzielten.

Der gefallene Engel vor ihnen bat sie, ihr in den Bereich hinter der Bühne zu folgen und schickte ein anderes Mädchen los, um Bill Hutchinson, den Besitzer des Hauses von fragwürdigem Ruhm zu holen. Er kam um die Ecke der schweren Bühnenvorhänge und begrüßte die Truppe enthusiastisch.

„Gott sei Dank! Ihr seid gerade rechtzeitig in der Stadt angekommen! Heute ist Zahltag der Minenarbeiter und wir haben ein volles Haus. Ihr könnt sofort mit eurem Auftritt anfangen!" Er drehte sich ohne ein weiteres Wort um und hetzte wieder die Treppe zum unteren Geschoss des Gebäudes hinunter.

Die Gruppe machte sich bereit und Peter trat als erster auf die Bühne, um seine Schießkunststücke vorzuführen. Am Ende seines Auftritts peitschten unzählige Schüsse durch das Theater und Mae, die hinter den Bühnen-vorhängen stand, fürchtete um die Sicherheit ihres guten Freundes. Peter aber kam unversehrt und lachend hinter die Bühne gelaufen.

„Das ist das verrückteste und verruchteste Lokal, das ich jemals gesehen habe. Du meine Güte, es ist voll mit Gästen bis zum Anschlag. Sie schießen Löcher in die Decke, anstatt zu klatschen. Lasst uns mal hoffen, dass sie uns keine Löcher in den Bauch schießen, wenn wir mit unserer Darstellung fertig sind. Eines ist sicher, Kinder, wir können sehr viel Silber in dieser staubigen Tombstone Stadt verdienen!"

Die Gruppe performte weiter. Dann war es endlich so-weit und die Reihe war an Mae ihr Lied vorzutragen und ihren Tanz aufzuführen. Normalerweise sang sie zuerst, denn die Ballettdarbietung, die sie vortrug, war sehr ans-trengend, so dass sie hinterher kaum noch den Atem zum

Singen hätte. Sie betrat die Bühne und war geschockt, als sie die Menschenmasse sah.

Es gab kaum noch Stehplätze im Raum, geschweige denn einen freien Stuhl an den Tischen und der Zigarrenqualm stand so dicht in der Luft, dass sie kaum die Gesichter am Ende des Saales an der Bar erkennen konnte. Die Logen unterhalb der Gebäudedecke waren mit Männern und Prostituierten gefüllt. Die Tische vor der Bühne waren mit trinkenden Minenarbeitern belegt. Sie erschienen rau und staubig, aber willens ihren hart verdienten Wochenlohn auszugeben.

Zahlreiche Mädchen und gestandene Frauen in gewagten Kleidern, die keine anständige Dame je getragen hätte, saßen auf dem ein oder anderen Männerschoss oder bewegten sich beflissen mit Körben voller Getränkeflaschen von Tisch zu Tisch. Einige der Frauen stiegen rasch die Treppen zu den Logen empor und manch einer der Schürfer folgte ihnen aufgeregt.

Mae sprach mit dem jungen, irischen Klavierspieler und bat ihn, ein wohl bekanntes Lied zu spielen. Anfangs war ihre Stimme kaum durch den Lärm hindurch zu hören, aber langsam treten sich immer mehr Köpfe zur nahe gelegenen Bühne. So manch einer der Minenarbeiter sah seine Aufmerksamkeit abgelenkt durch die kristallklare Stimme dieser Schönheit auf der Bühne.

Als Mae nach rechts schaute, sah sie ihn in der ersten Loge neben der Bühne sitzen. Er spielte Poker mit einem anderen Mann. Sein Haar war lang, hellbraun und wellig und sein Schnauz kurzgeschnitten und wohlgeformt. Seine graublauen Augen und die hohen Wangenknochen trugen noch zusätzlich zu seinem attraktiven Aussehen bei.

Er schenkt ihr keine Aufmerksamkeit, sondern konzentrierte sich auf die Spielkarten in seiner Hand. Sein

Gesicht hatte einen ernsten Ausdruck angenommen. Sein Gegenüber war ein Cowboy, der eine rote Schärpe um die Hüften trug und einen Pistolengurt umgeschnallt hatte. Sein Haar war schwarz und er saß mit dem Rücken zur Bühne, sodass Mae sein Gesicht nicht sehen konnte. Als sie ihr Lied beendet hatte, erntete sie einen passablen Applaus. „So weit, so gut," murmelte sie nervös vor sich hin.

Ein weiteres weibliches Mitglied der Zirkusgruppe betrat mit einer Violine in der Hand die Bühne und begann ein ungarisches Volkslied zu spielen. Da nun zwei gutaussehende Frauen vorne standen schenkten ihnen nun schon mehr Männer ihre Aufmerksamkeit und verfolgten, was sich auf der Bühne abspielte. Alle erwarteten ein weiteres, von Mae gesungenes Lied, aber zu jedermanns Überraschung, begann diese eine gewagte Ballett Choreografie zu tanzen.

Es dauerte nicht lange und Minenarbeiter, Sattelvagabunden und Spieler erhoben sich auf ihre Füße, um einen besseren Blick auf die schöne und extrem bewegliche Frau zu erhaschen, die ihren Körper in Positionen verbiegen konnte, die jedes Mannes Fantasie anheizten. Nun johlte und klatschte das Publikum frenetisch.

Als die Violine die ungarische Volksweise erklingen ließ, schaute Russian Bill überrascht auf. Auf seinem Gesicht zeigte sich die Verwunderung und die Sehnsucht nach der Musik seiner geliebten russischen Heimat, die dieser Melodie so ähnlich war. Beide Frauen, die Violinistin wie auch die schöne Tänzerin hielten seine Aufmerksamkeit gefangen. Offensichtlich waren die beiden der Grund dafür, dass so viele Männer auf ihren Füßen standen und sich gegenseitig näher zur Bühne schoben.

Sein Freund Curly Bill, mit dem er fast jede Nacht Poker spielte, hatte ihm im Lauf des Abends bereits von der Ankunft einer neuen Varietétruppe in der Stadt erzählt, aber

Russian Bill hatte sich nicht für diese Neuigkeit interessiert.

Sein Interesse galt dem Spiel und wenn er Sehnsucht zur Ablenkung durch eine Frau hatte, war er immer in den luxuriöseren Bordellen der Stadt willkommen. Einem reichen und zudem auch noch gutaussehendem Mann wurde nie etwas verweigert im sündigen Distrikt der Stadt. Die reisende Artistentruppe hatte also keinerlei Reiz für ihn – zumindest bis jetzt.

Die Frau auf der Bühne wirbelte wie ein Staubteufel in der Wüste umher und sprang in gewagte klassische Ballettpositionen.

Sie drehte ihr Gesicht in Richtung seines Tisches und strahlte ihn mit einem perlenden Lächeln an. Einzelne Strähnen ihrer dunklen Haare klebten an ihrer schweißnassen Stirn, die Wangen waren gerötet von ihrer anstrengenden Darbietung und sie atmete heftig.

Der attraktive Spieler starrte auf ihre Brüste, die sich wohl geformt unter ihrem Kostüm abzeichneten und sich bei jedem Atemzug hoben und senkten, während sie versuchte wieder zu Atem zu kommen. Als sie aufstand und sich vor dem Publikum verneigte, klatsche fast jedermann im Theater. Einige von Bill Clantons Cowboys schossen mit ihren Pistolen in die Luft, welches sie zuerst erschreckte. Aber dann winkte sie den Männern zu, lächelte warm und rannte dann rasch hinter dem Bühnenvorhang.

„Sie lieben dich, mein Schatz!", erklärte Peter verzückt.

Mae lächelte ihren Freund an. Sie war müde von der Reise nach Tombstone und der Darbietung ohne jegliche Erholungspause nach der anstrengenden Kutschfahrt.

Peter erzählte ihr begeistert, dass sie auch am nächsten Tag wieder auftreten würden. Offensichtlich hatte dem Besitzer gefallen, was er von der Truppe zu sehen bekommen hatte und hatte ihnen ein festes Engagement für die nächsten Wochen zugesagt. Das würde ihnen allen ein gutes Einkommen für den gesamten Monat garantieren. Die ganze Truppe erklärte sich glücklich damit einverstanden und verließ das Lokal, um sich endlich etwas auszuruhen von der Reise und ihrem Bühnenauftritt.

Währenddessen beobachtete Russian Bill auf der anderen Seite der Bühne, wie die hübsche Tänzerin hinter dem Vorhang verschwand und er drehte gedankenverloren seine Kirschtabak Zigarre zwischen den schlanken Fingern. Curly Bill klopfte ihm auf die Schultern und rüttelte ihn aus seinen Gedanken.

„Was ist los, mein russischer Prinz? Hat der kleine tanzende Teufel dich so sehr beeindruckt, dass du sogar unser Pokerspiel vernachlässigst?" Ein wissendes Lächeln zeigte sich auf Curly Bills Gesicht.

Sein Freund jedoch schüttelte den Kopf und wandte sich wieder den Pokerkarten auf dem Tisch zu. Er lächelte Curly Bill an, weil dieser ihn einen russischen Prinz nannte. Schließlich war er das ja auch. Nun, nicht gerade ein Prinz aber ein Adliger auf alle Fälle und auch recht wohlhabend.

Er wandte sich wieder den Karten zu, aber von Zeit zu Zeit hingen seine Gedanken der mysteriösen Tänzerin nach. *Wer war sie*?

Die nächsten zwei Wochen, vergingen für die Karnevalgruppe wie im Flug und Mae war sich kaum der einzelnen Tage bewusst. Tombstone hatte die schöne junge Frau in ihren Bann gezogen, oder vielleicht war es auch eher ein Mann?

Während des Tages waren die staubigen Straßen der Stadt voller viel beschäftigter Minenarbeitern, Cowboys, Ladenbesitzer, Kutschen und Reitern. Die Luft roch nach Staub und Pferdedung. Jeden Tag gab es irgendwelche Schwierigkeiten. Ausgelöst von Whisky, Opium oder Unglück im Kartenspiel, brachen täglich gewalttätige Kämpfe aus, die oftmals tödlich für einen der Beteiligten endeten.

Manchmal war eine hitzige Diskussion über eine Hand schlechter Karten oder die Zuneigung einer der gefallenen Engel genug, dass ein Mann in den vollen, staubigen Straßen sein Leben verlor. Die meisten der Auseinandersetzungen fanden allerdings in den Saloons statt und viele Männer kamen dabei ums Leben.

Der Distrikt der Stadt, in dem die Frauen von leichter Moral ihrem Gewerbe nachgingen, war der Größte, den Mae je auf ihren Reisen gesehen hatte.

Sie hatte sich mittlerweile mit Lizette, einem außergewöhnlich hübschen Mädchen, welches im Bird Cage als sogenannte `fliegende Nymphe´ auftrat, angefreundet. Mae war sich der labilen Persönlichkeit von Lizette bewusst, aber nichtsdestotrotz mochte sie die Frau sehr. Das rothaarige, leichte Mädchen war auch diejenige gewesen, die Mae vorgeschlagen hatte, den Karneval zu verlassen und in der Stadt zu bleiben, um viel besseres Geld als sogenannte Unterhaltungsdame zu verdienen.

Mae hatte ihre Schwierigkeiten mit der Vorstellung, sich für Geld von Männern berühren zu lassen. Aber um ehrlich zu sein hätte sie wahrscheinlich kaum gezögert, wenn es um einen spezifischen Mann gegangen wäre.

Mittlerweile kannte sie seinen Namen, Russian Bill. Jedenfalls war er unter diesem bekannt in der Stadt. Sie hatte gehört, dass er von sich behauptete der Sohn einer russischen Adligen zu sein und er musste recht wohlhabend sein, denn er mietete die Loge neben der Bühne jeden Abend. Dies kostete fünfundzwanzig Silberdollar pro Nacht. Wahrlich ein wahres Vermögen, wenn man wusste, dass ein Schürfer in der Woche höchstens fünf bis zwölf Dollar für seine harte Arbeit verdiente.

Der attraktive Europäer hatte zahlreiche Freunde unter der Bande der Cowboys. Er hatte deshalb bereits einige hitzige Diskussionen mit den Earp Brüdern, die das Gesetz in der Stadt repräsentierten, hinter sich gebracht.

Bill sah sich selbst als Outlaw und Spieler. Aber Mae hatte Schwierigkeiten das zu glauben. Hinter seinem strengen Blick und dem taffen Auftreten stand ein hochgebildeter Gentleman mit den außergewöhnlichsten graublauen Augen, die sie je gesehen hatte. Ihm fehlte das brutale, hässliche Benehmen, das solche Halunken wie die Clanton Jungs an den Tag legten.

Es kam Mae so vor, als ob niemand in der Stadt Bills Geschichte des russischen Adligen, der einst Eliteoffizier unter dem regierenden Zar gewesen war, Glauben schenkte. Die schöne Tänzerin hatte bereits öfters mitbekommen, wie sich die Leute über Bill lustig machten und selbst seine Freunde unter den Outlaw Halunken schienen ihn nicht als einen der ihren ernst zu nehmen.

Mae hatte Bill jeden Abend beim Kartenspielen beobachtet und sie gab zu, dass ihr Herz immer einen Takt schneller schlug, wenn sie ihn sah. Viele der unmoralischen Mädchen waren hinter Russian Bill her und die Zirkustänzerin war nicht verrückt genug, dass sie sich Feinde unter den leichten Mädchen machen wollte. Dennoch hatte sie noch nie mitbekommen, wie er die Nacht mit einer dieser `Damen´ verbrachte und sie wollte es auch nicht sehen. Sie hatte das Gefühl, dass sie das wohl mehr verletzen würde, als sie irgendjemand, geschweige denn sich selbst, eingestanden hätte.

Kapitel Zehn

Als die Wochen des Engagements erfüllt waren und die Gruppe ihre Habseligkeiten zusammenpackte, um die nächste Stadt zu erobern, unterrichtete Mae Peter von ihrem

Entschluss, dass sie zurückbleiben würde, um sich eine Zukunft im Bird Cage Theater aufzubauen.

Niemand in der Truppe war wirklich überrascht, aber Peter umarmte sie und fragte sie, ob sie sich darüber vollkommen sicher sei. Sie nickte unter Tränen. Er war ihr ein guter Reisegefährte gewesen und kannte ihr Herz besser als irgendjemand sonst in der gesamten Truppe. Der Kunstschütze hatte sehr wohl die Funken des Begehrens für Russian Bill in den Augen seiner Freundin aufglühen gesehen und hoffte nur, dass sie eines Tages nicht einen hohen Preis dafür zahlen müsse, dass sie auf ihr närrisches Herz hörte. Peter wünschte ihr nur das beste der Welt, denn er hatte Mae Davenport in sein Herz geschlossen.

Als Mae der Postkutsche, die sich auf den Weg nach Benson gemacht hatte, hinterher schaute, fühlte sie doch einen Anflug von Einsamkeit. *Würde sie die anderen jemals wiedersehen?*

Aber es war zu spät und sie hatte sich entschieden. Mae hatte genügend Geld zusammengespart, um noch ein paar Tage in der schlichten Pension bleiben zu können, bis sie ein einfaches Haus für sich finden würde.

Lizette hatte Mae angeboten bei ihr und einer anderen Frau namens Crazy Anne, die sich ein kleines Haus teilten, einzuziehen und Mae dachte ernsthaft über diese Möglichkeit nach. Aber jetzt im Moment wollte sie erst einmal ein paar Tage allein bleiben, um sich an ihr neues Leben zu gewöhnen. Sie war sicher, dass sie die anderen der Zirkustruppe vermissen würde.

Das schlechte am Alleinsein war, dass sie nun keine Gesellschaft mehr hatte, speziell beim Essen oder auch nur um über die täglichen Dinge zu reden. Die ehrenhaften Frauen der Stadt mieden sie und lästerten über Mae genauso, wie sie über jede andere Frau herzogen, die in dem verruchten Theater arbeitete. Schließlich war es kein Geheimnis, dass das Etablissement ein Haus mit fragwürdigem Ruf war, in dem das Spielen, Trinken und sündige Benehmen vierundzwanzig Stunden an jedem Tag der Woche zur Verfügung stand. Alle Frauen, die sich im Bird Cage aufhielten, wurden von den sogenannten puren Damen der Stadt wie Aussätzige behandelt.

Mae entschloss sich dazu einen Happen im freundlichsten Restaurant dieser rücksichtslosen Stadt zu essen. Es handelte sich um ein kleines Lokal, welches von einer hübschen Irin namens Nellie Cashman geführt wurde.

Nellie war die Besitzerin und wurde liebevoll in der Stadt `Engel des Schürfer Lagers´ genannt. Und ja, tatsächlich war sie wie ein Engel, immer freundlich und bescheiden und immer zur Stelle, wenn es einen bedürftigen Menschen gab. Nellie verurteilte niemanden und versorgte auch die Prostituierten mit warmen Mahlzeiten.

Außerdem war Mae überzeugt, dass sie keinerlei Belästigungen von Männern in Nellies Restaurant zu fürchten hatte, denn dieser Frau wurde der Respekt aller Bewohner Tombstones entgegengebracht.

Als Mae Davenport an der riesigen Wasserpumpe, die die Minenstollen trocken hielt, vorbei ging und um die Ecke kam, konnte sie bereits die köstlichen Aromen von Nellies Küche riechen und ihr lief das Wasser im Mund zusammen. Sie setzte sich an einen Tisch und bestellte das Tagesmenü - Hackbraten mit frischen Kartoffeln und hausgemachter Limonade.

Nellie blickte Mae an und fragte diese in ihrer bekannt direkten Art: „So, du bleibst also in Tombstone zurück und bist nicht mehr bei der Karnevaltruppe dabei, richtig?"

Mae nickte und erzählte ihrem Gegenüber, dass sie

weiterhin im Bird Cage auftreten würde. Im Stillen bereitete sich Mae auf die kritischen Blicke oder die öffentliche Schelte vor, aber nichts dergleichen kam. Stattdessen setzte sich Nellie Cashman zu ihr an den Tisch und tätschelte die Hand der jungen Frau.

„Ich möchte, dass du weißt, dass das Leben eines gefallenen Engels viel zu gefährlich ist, als dass man sich lange darin aufhalten sollte. Greif dir so viel Geld wie du verdienen kannst oder einen anständigen Ehemann, falls du jemals einen solchen in deinen Armen finden solltest. Bitte pass gut auf dich auf! Kauf dir eine dieser kleinen Pistolen, die du gut unter deinen Röcken verstecken kannst. Ich möchte, dass du weißt, dass du immer an einem meiner Tische hier willkommen sein wirst, Mae Davenport. Das Land der Pioniere ist ein raues Terrain für eine alleinstehende Frau und wir Ladies müssen doch zusammenhalten. Jetzt geh ich aber rasch in die Küche und bereite dir dein Essen zu. Ich bin so schnell wie möglich wieder bei dir!"

Mit einem Lächeln eilte sie in die kleine Küche auf der Rückseite des Restaurants. Mae schaute ihr mit Tränen in den Augen hinterher.

Sie war gerührt von der Freundlichkeit der anderen Frau. Nellie Cashman hatte sie tatsächlich eine Lady genannt. Was für ein außergewöhnlicher Mensch sie doch war. Langsam, aber sicher verstand Mae, warum man Nellie den Engel der Stadt nannte.

„Sie ist eine großartige Person, nicht wahr?" Eine tiefe Stimme mit einem ausländischen Akzent und einem warmen Timbre neben ihr, schreckte sie auf. Russian Bill stand an ihrem Tisch. Sie hatte nicht bemerkt, dass er auf sie zugetreten war und nun stand er einfach neben ihr und sein Kopf war zum Gruß leicht gebeugt.

Mae hatte bislang noch nie mit ihm gesprochen. Die

Auswirkung, die seine Stimme auf die junge Frau hatte, war erstaunlich. Er berührte leicht den zweiten Stuhl. „Darf ich?", fragte er.

Die dunkelhaarige Frau nickte bedächtig, immer noch zu sehr darüber überrascht, ihn hier so unerwartet anzutreffen und es störte sie, dass sich ihre Wangen erhitzt anfühlten und sicherlich gerötet waren.

„Darf ich mich Ihnen offiziell vorstellen? Ich bin William Tattenbaum, aber jedermann nennt mich einfach Russian Bill. Und Sie sind?"

Endlich fand sie ihre Stimme wieder und antwortete mit einem schüchternen Lächeln. „Mae Davenport, bekannt als Mae Davenport."

Er lächelte über ihren offensichtlichen Sinn für Humor. „Tatsächlich liegen Sie da falsch, Miss Davenport. Im Bird Cage kennt man sie bereits unter dem Namen `das tanzende Reh´." Sie starrte ihn ungläubig an und ihre Wangen wurden noch röter. „Sie machen sich über mich lustig, Sir!"

„Nennen Sie mich bitte Bill, und es ist die Wahrheit. Sie nennen Sie alle das tanzende Reh wegen Ihrer großen Augen und, verzeihen Sie mir meine Direktheit, auch wegen Ihren wunderschön geformten Beinen, die wir zu unser aller Vergnügen jedes Mal zu Gesicht bekommen, wenn Sie tanzen. Es gibt keinen Grund sich zu schämen, Mae Davenport, denn Sie sind eine wahre Schönheit!"

Der Klang seiner warmen Stimme machte sie verlegen und ließ sie leicht erzittern. Sie zu hören war fast wie eine zärtliche Berührung.

Mae war froh, als sie Nellie mit einem Teller dampfenden Essens auf sich zukommen sah, denn sie hatte das Gefühl, jeden Moment in Ohnmacht zu fallen. Dieser Mann verwirrte sie über alle Maßen. Er war ein Spieler und vielleicht sogar ein Bandit und dennoch sprach er mit den feinsten Manieren und einer gewissen Erhabenheit.

William Tattenbaum war ganz offensichtlich ein sehr gebildeter Mann. Vielleicht war wirklich etwas dran an den Gerüchten, dass er unter Umständen tatsächlich ein Mann adliger Herkunft war.

Nellie schaute Bill an. „Grüß dich, Bill! Hast du tatsächlich deine Spielkarten für eine anständige Mahlzeit aus meiner Küche fallen lassen?"

„Das ist tatsächlich so, Miss Nellie. Sie wissen doch, dass ich Ihrem Hackbraten einfach nicht widerstehen kann. Er ist zu köstlich!"

„Nun, dann bring ich dir besser mal einen Teller davon. Wo wirst du sitzen?", fragte sie mit einem breiten Lächeln.

Der gutaussehende Spieler schaute Mae mit einer Spur von unerwarteter Unsicherheit, welche sich auf seinen attraktiven Gesichtszügen abzeichnete, an.

Mae sagte, „Natürlich können Sie an meinem Tisch essen. Es bereitet mir sowieso keine Freude, allein zu speisen."

„Nun denn", sagte Nellie und ging zurück in ihre Küche.

„Vielen Dank, Miss Davenport."

„Nennen Sie mich bitte Mae!"

„Aber natürlich gerne, dann also Mae." Er studierte ihr Gesicht für einen Moment und als er wieder sprach, sah er etwas besorgt aus. „Ich habe gehört, dass Sie sich dazu entschlossen haben, weiter im Bird Cage aufzutreten. Ist das so?"

„Sieht ganz so aus, als ob sich Neuigkeiten schnell in dieser Stadt verbreiten würden", beantwortete sie mit einem breiten Grinsen.

Der Spieler nickte. „Das ist wohl wahr. Ich hoffe, dass Sie sich bewusst sind, dass Sie in Zukunft der ein oder anderen gefährlichen Situation gegenübertreten müssen.

Das Leben eines gefallenen Engels kann zwar zu großem Reichtum führen, aber unter Umständen auch zum sicheren Tod, Mae. Es wurden bereits Menschen in dem Etablissement erschossen."

Sie wurde wieder rot und legte ihre Gabel beiseite. Das Gespräch war ihr fast peinlich. Offensichtlich wusste er ganz genau, wie ihr neues Engagement im Bird Cage Theater aussehen würde und dass es nicht nur Tanz und Gesang beinhaltete.

„Bitte missverstehen Sie mich nicht, meine Liebe! Ich respektiere Ihre Entscheidung. Das ist Ihr Leben und wer wäre ich, Sie zu verurteilen? Ich bin ein Spieler. Ich möchte nur, dass Sie sich der Gefahren bewusst sind und ich wünsche, dass Sie wissen, dass Sie auf mich als Freund zählen können, wann immer sie meine Hilfe benötigen."

Die schöne Tänzerin war völlig von dem Angebot überrascht und fragte ihn geradeheraus, wie sie es wohl verdienen könne, so einen Freund zu haben. Schließlich wusste er doch was für eine Art Frau sie demnächst werden würde. William Tattenbaum schaute tief in ihre Augen. *Ein Mann konnte seine Seele in diesen Augen verlieren,* dachte er. Sie berührte seine Sinne auf mehr als eine Art, aber davon ahnte sie nichts.

„Mae, ich komme aus einem weit entfernten Land und ich vermisse es oft. Man könnte sagen, mich plagt das Heimweh. Aufgrund von Vorkommnissen, die ich aber lieber für mich behalten möchte, kann ich nicht zurückkehren. Dein Gesang und dein Tanz bringen mich für ein paar Minuten wieder zurück in meine Heimat, wenn ich dir bei deiner Darbietung zusehe. Es wärmt mein Herz und dann bin ich weniger einsam. Es fühlt sich dann an, als ob meine Familie, die ich wahrscheinlich nie wiedersehen werde, bei mir ist. Weißt du, es steckt viel Wahrheit darin, wenn die Leute sagen, dass man sein Zuhause in einer anderen Person finden kann."

Die erstaunte Sängerin war sprachlos. Das war wohl das Schönste, was ihr ein Mensch jemals über ihre Kunst gesagt hatte und es berührte ihr Herz zutiefst.

Sie kannte diese dunklen Stunden der Einsamkeit nur zu gut. Auch Mae Davenport hatte ihre Familie zurücklassen müssen. Ihre Eltern und Geschwister hatten die Frau aus ihrer Mitte und dem noblen Haus an der Ostküste, wo sie aufgewachsen war, verbannt. Als Maes Familie herausfand, dass sie Tänzerin und Sängerin werden und durch den Westen ziehen wollte, hatten sie alles versucht ihre Träume zu zerschlagen und ihre Wünsche nach Unabhängigkeit zu vereiteln versucht, indem sie Mae mit einem älteren Geschäftspartner ihres Vaters verheiraten wollten. Als sie sich weigerte, hatte die Familie sie für Wochen in ihr Zimmer eingeschlossen, bis zu jenem Tag, an dem es ihr gelang zu entkommen.

Als sie aus der Stadt floh wusste sie, dass sie ihre Familie niemals wiedersehen würde. Zwar brach es ihr das Herz, aber die Sehnsucht nach Freiheit war zu stark, um ihr zu widerstehen.

Russian Bill berührte sie leicht am Ellbogen. Sie schüttelte die unliebsamen Gedanken der Vergangenheit ab und schaute ihn an. Ein unausgesprochenes Wissen stand zwischen den beiden, dass sie beide immerzu dieselben Dämonen der Vergangenheit bekämpften.

Sie aßen ihre Mahlzeit schweigend, aber es war keine unangenehme Stille. Als Nellie zu Ihnen kam, um den Tisch abzuräumen, bezahlte der gutaussehende Spieler für beide Portionen mit Silbermünzen. Als Mae protestieren wollte, brachte er sie schnell zum Schweigen und legte seinen Zeigefinger auf seine lächelnden Lippen. „Es war mir ein wahres Vergnügen, Mae und das Mindeste was ich tun kann, ist dich zum Essen einzuladen."

Mae kehrte am selben Abend zum Theater zurück. Es fühlte sich seltsam an ohne die Truppe der anderen Zirkusleute dort zu sein, aber dennoch trat sie der Situation so tapfer wie möglich entgegen. William Tattenbaum saß wie immer in seiner Loge und teilte gerade die Karten für einen der Cowboys aus dem Umfeld von Curly Bill aus. Er grüßte sie freundlich und sie lächelte zurück, um dann die Bühne zu betreten und ihr erstes Lied darzubringen.

Kapitel Elf

Jemand schlug sie sanft gegen die Wange. „Hey Cheryl, aufwachen, hörst du mich?"

Cheryl öffnete langsam ihre Augen und schaute direkt in Heathers Gesicht. Um sie herum erschien immer noch alles verschwommen und sie wusste im ersten Moment nicht, wo sie sich befand.

Langsam drehte sie ihren Kopf. Eine Beule fing an sich auf ihrer Stirn abzuzeichnen und es schmerzte, wenn man die Stelle berührte. Sie hatte furchtbare Kopfschmerzen. *Ich muss mir den Kopf wohl an dem Treppengeländer angeschlagen haben als ich stürzte*, dachte sie. Sie versuchte aufzustehen und Heather half ihr zurück auf die Füße.

„Mensch Mädchen, was ist denn passiert?"

Cheryl schüttelte ihren Kopf verwirrt. „Ich habe keine Ahnung. Ich wollte hinter die Bühne gehen, aber dann bin ich gefallen und nach dem erinnere ich mich an gar nichts mehr."

„Lass uns in den vorderen Raum gehen! Ich habe frisches Wasser dort. Weißt du was wir machen? Du behältst das Eintrittsticket und beendest die Tour in Ruhe an einem anderen Tag, wenn du dich besser fühlst. Vielleicht verträgst du einfach die Höhenlage von Tombstone nicht."

Cheryl schaute Heather an. Irgendwie erschien die Museums Angestellte plötzlich nervös, fast so als ob sie die Studentin loswerden wollte. Sie wartete einige Minuten und trank etwas von dem frischen Wasser im Vorraum des Museums.

Als Cheryl sich besser fühlte, erklärte sie sich damit einverstanden an ihrem nächsten freien Tag wiederzukommen und die restlichen Ausstellungsstücke dann mit ihrem heutigen Eintrittsticket anzuschauen.

Als sie wieder zu Hause war, brühte sich die verwirrte Frau einen frischen Kaffee auf, aber sie stellte die Tasse auf den kleinen Tisch neben ihr und schenkte ihr keine Aufmerksamkeit mehr.

Was um alles in der Welt passiert mit mir? Das ist das zweite Mal innerhalb von wenigen Tagen, dass ich in Ohnmacht falle. Es ist so seltsam, denn ich hatte mich vorher jedes Mal gut gefühlt. Werde ich krank? Sollte ich mich im Krankenhaus untersuchen lassen? Ich werde Dorothea bitten, mir einen guten Doktor zu empfehlen und sie kann mir sicherlich dabei helfen schnell einen Termin zu bekommen.

Sie schloss die Augen und berührte abwesend die Kaffeetasse. Ihre Gedanken kehrten zurück zum Bird Cage Theater. Sie hatte das Museum bis zum heutigen Tag noch nie von innen gesehen und dennoch erschien ihr das Gebäude so vertraut. Es war verblüffend. Sie hatte dort einen seltsamen Frieden verspürt, als ob sie jede Ecke des Museums kennen würde.

Sie schüttelte ihren Kopf bei diesem Gedanken. Cheryl roch an dem reichhaltigen Aroma des Kaffees und dennoch hatte sie ein ganz anderes Aroma ebenfalls in ihrer Nase. Es war der weiche Duft von Kirschtabak. Was um alles in der Welt war nur los mit ihr?

Während der nächsten Tage arbeitete Cheryl wie gewohnt im Courthouse Museum, aber sie schien gedankenverloren zu sein und erinnerte sich von Zeit zu Zeit immer wieder an den seltsamen Besuch in dem historischen Theater. Sie nannte sich gleichzeitig eine Närrin, überhaupt ihre Gedanken daran zu verschwenden. Dorothea fing an sich Sorgen zu machen und fragte Cheryl, ob alles in Ordnung sei.

„Ja, alles bestens. Ich glaube, ich bin einfach etwas erschöpft wegen der langen Stunden, die ich jeden Abend über meinen Studienbüchern sitze."

Aber ihre Vorgesetzte sah sie mit einem wissenden Gesichtsausdruck an.

„Erinnerst du dich, als ich dir sagte, dass Tombstone eine ganz eigene Art hat, seine Geschichte einer kleinen Anzahl von Leuten auf ganz spezielle Art mitzuteilen?"

Cheryl wartete ab, ohne zu antworten, aber sie erinnerte sich an die Konversation. Dorotheas Gesicht nahm einen ernsten Ausdruck an. „Es sieht fast danach aus, als ob du zu dieser ausgesuchten Gruppe von Leuten gehörst, zu denen Tombstone auf seine außergewöhnliche Art spricht."

„Was meinst du damit? Ich verstehe nicht."

Ihre ältere Freundin drehte langsam das Glas, dass sie zwischen ihren Fingern hielt und versuchte die richtigen Worte zu finden.

„Ich weiß das klingt vielleicht verrückt oder einfach nur dumm aber manche Leute, übrigens auch ich selbst, sehen Dinge in Tombstone, die sich nicht mit wissenschaftlichen Büchern erklären lassen. Es gibt in der Stadt Gebäude in denen Dinge passieren, die man als paranormal bezeichnen könnte und das Bird Cage ist ein sogenannter Hotspot für solche Aktivitäten."

Cheryl lachte laut auf. „Warte mal! Versuchst du mir etwa zu erklären, dass es in Tombstone Geister gibt und dass du diese tatsächlich selbst schon gesehen hast?"

„Natürlich klingt das verrückt, aber ich weiß, was ich gesehen habe seit ich hierhergezogen bin."

„Ich weiß nicht was ich dazu sagen soll. Ich meine, du hast es hier von Geistern und Gespenstern."

Da ist diese Stimme auf der Veranda, aber niemand ist da. Und dann dieser Geruch nach Kirschtabak Zigarren, obwohl niemand neben mir steht und raucht. War es möglich? Könnten tatsächlich ruhelose Seelen aus dem alten Westen ihr Unwesen treiben in dieser Stadt?

Dorothea berührte sanft ihre Hand. „Nimm dir Zeit und denke darüber nach. Wann immer du bereit bist werde ich dir erzählen, was ich erlebt habe seit ich hier wohne. Eines kann ich dir versichern, mittlerweile kenne ich meine Urgroßmutter recht gut."

Die Museumsleiterin stand auf, um ihren täglichen Aufgaben nachzugehen, während Cheryl noch einen Moment sitzen blieb. *Vielleicht machen sie sich nur lustig über* mich. *Neues Mädchen in der Stadt und all das. Geister? Unmöglich!* Und dennoch fing eine kleine Flamme der Neugierde in Cheryls Unterbewusstsein zu brennen an.

Ihr nächster freier Tag war ein sonniger Mittwoch mit klarer, frischer Luft. *Vielleicht sollte ich meine Tour im Bird Cage Theater fortsetzen? Ich habe ja immer noch mein Ticket um den Rest des Gebäudes zu erkunden. Oder sollte ich mich lieber fern halten von dem Museum?*

Sie trank eine Tasse starken Arbuckle Kaffee, die Marke, nach der sie dank Bert mittlerweile ganz verrückt war. Cheryl beobachtete zwei Cardinal Vögel, die auf dem Rosenbusch von Zweig zu Zweig hüpften.

Schließlich beschloss sie, dass sie zu neugierig war, um die Möglichkeit eines weiteren Museumsbesuches ungenutzt verstreichen zu lassen. Also zog sie ihre Jeans und eine weiße Bluse an und lief zügig zum oberen Teil der touristischen Hauptstraße und schnurstracks auf das alte Adobe Gebäude zu.

Heather war nicht dort und Cheryl war erleichtert darüber, denn es war ihr immer noch peinlich, was während ihres letzten Besuches passiert war. Sie mochte es nicht, im Zentrum der Aufmerksamkeit zu stehen.

Die attraktive Frau erklärte der Dame hinter der Kasse, wer sie war. „Ich konnte meine Tour bei meinem letzten Besuch nicht beenden."

„Oh, Sie sind die Frau, die im Courthouse Museum arbeitet, richtig? Heather hat mir gesagt, dass ich Sie für freien Eintritt in das Museum lassen soll, falls Sie zurückkämen."

„Herzlichen Dank." *Ich frage mich, ob Heather ihr auch erzählte, dass ich in Ohnmacht gefallen bin.*

„Kommen Sie einfach wieder zu mir, wenn Sie Fragen haben nach ihrer Tour. Ansonsten führt Sie der Rundgang durch den Souvenirladen zum Seitenausgang neben dem Parkplatz", erklärte ihr die Lady und öffnete dann die Türe in den Hauptraum des Theaters.

Cheryl trat in den dunklen Raum, vorsichtig jeden Schritt mit Bedacht setzend. Die Logen im ersten Stock über ihr schauten auf sie herab wie die kalten Augen eines Fremden. Sie bekam sofort eine Gänsehaut als sie den Saal betrat.

Diesmal fasse ich das Klavier nicht an!

Sie ging rasch an der Poker Nische vorbei, eilte die kleine Stiege hinauf und trat in den nächsten Raum hinter der Bühne. Einem plötzlichen Impuls folgend drehte sie sich noch einmal um und schaute zurück.

„Ich dachte das Rauchen ist im gesamten Gebäude verboten?", murmelte sie verwundert vor sich hin, während sie auf den Zigarrenrauch starrte der sich kräuselnd zur

Zwischendecke über dem kleinen Tischbewegte.

Wo kam der Qualm nur her? Und ich kann mich auch nicht an das offene Kartenspiel mit der Herzdame neben der Flasche erinnern. War das Pokerspiel schon da gelegen, als ich das letzte Mal hier war?

Seltsamerweise machte es Cheryl glücklich hinter dem Bühnenvorhang zu stehen. Sie wusste nicht warum, aber sie spürte den Drang auf die Bühne zu treten und zu tanzen und zu singen. Pure Freude durchdrang sie. Zumindest, bis sie sich umdrehte und direkt auf die schwarz-goldene Bestattungskutsche blickte, die in der rechten Ecke etwa zwanzig Fuß hinter der Bühne ausgestellt war.

Natürlich hatte sie die Leute schon von der sogenannten `*Black Moriah'* erzählen gehört; die Kutsche für die letzte Reise der Toten auf ihrem Weg zu Tombstones Boot Hill, wie der Friedhof in den alten Tagen genannt wurde. Aber davon hören und nun davor zu stehen waren zwei verschiedene Dinge.

Ihre Haut zog sich vor Furcht zusammen. Fast meinte sie die Toten, die in dem Gefährt transportiert worden waren zu spüren. Cheryl wusste sofort, dass dies nicht eine der vielen Requisiten aus dem bekannten Tombstone Kinofilm war. Nein, diese Kutsche war echt. Tote Menschen aus der verruchten Vergangenheit der Stadt waren in diesem unheimlichen und dennoch so schön mit echtem Tombstone Silber und Blattgold verzierten Gefährt zu ihrer letzten Ruhestätte gefahren worden.

Ein kleiner Kindersarg lehnte gegen eines der Kutschräder und brachte Cheryl fast zum Weinen. Sie zitterte und wollte nur noch raus aus dem Museum. Die verängstigte Frau wollte sich nicht vorstellen, wie ein kleines, unschuldiges Kind auf dem vergilbten Leinen in dem kleinen schlichten Holzsarg geruht hatte. Sie konnte den Gedanken an eine weinende Mutter, die neben dem Sarg getrauert hatte, schier nicht ertragen und dachte sie sollte so rasch wie möglich zum Haupteingang zurückkehren, um wieder nach Hause zu gehen.

„Mae, bitte komm zu mir!"

Da war sie wieder, die beruhigende tiefe Stimme, die sie schon vor einigen Tagen gehört hatte. Cheryl drehte sich nach ihr um.

„Mae, ich warte auf dich. Komm zu mir!"

Es war ihr nicht einmal bewusst, dass sie einen Fuß vor den anderen setzte und langsam Richtung einer weiteren Treppe ging, die an der rückwärtigen Wand nach unten in den Keller des Gebäudes und tiefer in die Vergangenheit des Bird Cage Theaters führte.

Mit jedem Schritt kam sie dem starken Aroma der Zigarren näher. Sie hörte plötzlich das Klirren von Whiskeygläsern und das Klimpern einzelner Münzen, die aufeinander geworfen wurden, während Spielkarten gemischt wurden. Jedes dieser Geräusche klang ihr so sehr vertraut. Ihr Herz klopfte laut und schnell als sie schließlich das Ende der Treppe erreichte.

Im unteren Geschoss war eine kleine Bar untergebracht und ein Pokertisch voller Münzen, Poker Chips und alten, verblichenen Spielkarten stand hinter einem Holzgeländer. Ein kleinerer Tisch befand sich an der alten Lehmwand neben der Bar. Am Ende des Flurs davor, bemerkte Cheryl einen gewölbten Keller, der durch ein verrostetes Metallgitter abgesperrt war. Fast sah es aus, als ob es ein kleiner Stollen sein könnte, der gefüllt war mit alten Whiskey Fässern, Holzleitern und anderem Gerümpel. Dieser gewölbeähnliche Keller sah unordentlich aus und wirkte fast wie eine Antiquitäten Müllhalde.

Cheryl drehte sich nach rechts, wo drei Holztüren

gegenüber dem Spieler Bereich lagen. Sie waren alle geschlossen, aber der Museumsbesitzer hatte bei den ersten beiden Türen je einen Teil des Türblattes entfernt, sodass man in die schwach beleuchteten kleinen Zimmer hineinsehen konnte. Cheryl hielt erschrocken die Luft an.

In dem ersten Raum befand sich ein Bett, ein schmaler, antiker Kleiderschrank, ein Nachttisch Schränkchen, auf dem eine Petroleumlampe stand und daneben stand ein kunstvoll gearbeiteter Drehspiegel. Die Tapete zeigte ein verblasstes Blumendesign, dass vermutlich in den Anfangsjahren des Theaters einmal ein dunkles, kräftiges Rot gewesen war. Aber nun war die Tapete an den meisten Stellen fleckig und braun und schälte sich bereits an mehreren Stellen von der Wand. Ein antiker Ofen war in der Ecke neben dem Spiegel platziert worden. Ein von Motten zerfressener, kleiner Teppich lag verblasst vor dem Bett.

Cheryl schaute in den Raum und fühlte plötzlich eine starke Welle emotionalen Schmerzes. Neben der Tür war ein kleines Schild angebracht, welches Besuchern erklärte, dass es sich bei dem Zimmer um eines der original Bordell Schlafzimmer handelte, wo die hochpreisigen Königinnen der Nacht ihrem Gewerbe nachgegangen waren.

Cheryl starrte noch immer in den kleinen Raum und versuchte sich vorzustellen, wie die Frauen hier ihrer unmoralischen Arbeit nachgegangen waren, während die Männer auf der anderen Seite der Türe dem Pokerspiel gefrönt hatten. Wer auch immer an diesem Spieltisch gesessen hatte, musste doch genau gewusst haben, was sich auf der anderen Seite dieser Bretterwand abgespielt hat. Jeder hier unten hätte gesehen, wie die Männer mit den `beschmutzten Täubchen´ in den Zimmern verschwanden. *Haben sie sich darum geschert, oder waren sie von den Pokerkarten zu hypnotisiert und von dem vielen Geld und Silber, das sicherlich auf dem Tisch lag, zu abgelenkt gewesen?*

Cheryl spürte einen plötzlichen Anfall von Trauer, als sie sich die ausgenutzten Frauen vorstellte und was diese wohl mitgemacht hatten. Sie blickte durch die Luke in der Tür auf den Ankleidespiegel. Das Alter hatte das Glas an einigen Stellen erblinden lassen, aber sein geschnitzter Holzrahmen war ein wunderbares Beispiel traditioneller Handwerkskunst.

Cheryl schaute in den Spiegel und sah ihr eigenes Gesicht, das sich verschwommen darin. Aber seltsamerweise sah ihr das Gesicht gar nicht ähnlich. Eine dunkelhaarige Frau mit großen Augen schaute zurück zu ihr und auf ihrem hübschen Gesicht lag ein trauriges Lächeln.

Die Museumsbesucherin war zu geschockt, um sich zu bewegen. Sie blinzelte einige Male und hoffte dabei, dass ihre Augen ihr im Halbdunkel des Kellergeschosses nur etwas vorgaukelten. Als sie ihre Augen wieder öffnete war die Frau im Spiegel aber immer noch da und hob langsam ihre Hand an, um Cheryl in das Zimmer hinein zuwinken.

KAPITEL ZWÖLF

***

Mae wusste, wenn sie gutes Geld verdienen und weiter im Bird Cage Theater bleiben wollte, gab es keinen anderen Ausweg als ihren Körper den Männern anzubieten, die für ihre Gesellschaft bezahlen würden. Glücklicherweise war sie zumindest für das Bordell im Keller und nicht für die billigen Logen des oberen Theaters eingeteilt worden.

Hier unten im Untergeschoss war das große Geld zu finden. Es waren die Räumlichkeiten, in denen die finanziell besser dastehenden Gentlemen sich aufhielten und ihren Service für ihr persönliches Vergnügen in Anspruch nehmen würden. Aber Mae wusste auch, dass diese Art Männer manchmal die Tendenz zu exotischen Liebesdiensten hatten, die sie für den höher bezahlten Preis verlangten und manchmal waren diese sogar brutaler Natur.

Das Pokerspiel im unteren Stockwerk des Bird Cage lief nun schon seit Monaten und war noch nicht einmal unterbrochen worden. Lizette hatte erzählt, dass es über tausend Dollar kostete sich als Spieler einzukaufen, falls überhaupt einmal ein Stuhl frei wurde. Dies war äußerst selten der Fall.

„Tausend Dollar!" Mae konnte es fast nicht glauben, aber Lizette nickte eifrig mit dem Kopf.

„Ja, meine Liebe, in Tombstone gibt es das ganz große Geld und ob du es glaubst oder nicht, die haben noch nicht einmal die Hauptader des Silbers gefunden. Wenn du die Männer hier unten clever um den Finger wickelst, wirst du hier ein Vermögen verdienen. Und mit deinem Aussehen, Tanzfähigkeiten und gebildeter Art, kannst du sowieso fast jeden Preis verlangen. Das Beste aber dabei ist, dass du nicht jeden schmutzigen Schürfer, der in dieses Lokal läuft an dich heranlassen musst. Du kannst auswählen, wenn du hier unten bei den Pokerzimmern arbeitest. Du bist diejenige die bestimmt, wer mit dir das Bett teilt. Natürlich behält Hutchinson die Hälfte deines Preises für das Haus. Aber du wirst immer noch mehr als genug verdienen."

„Mir kommt es fast so vor, als ob es dir richtig gefällt hier zu arbeiten, Lizette. Ich möchte ehrlich sein, ich bin nicht überzeugt, dass ich mich dabei so wohlfühlen werde wie du, denn ich muss mich selbst irgendwelchen Fremden anbieten. Aber zumindest bin ich willens, es zu versuchen und so viel Zaster auf einem Tisch zu sehen ist definitiv ein verführerischer Anblick. Trotzdem, ich plane nicht allzu lange als gefallener Engel zu arbeiten. Wenn ich erst einmal genügend Geld gemacht habe, werde ich versuchen, mir eine bessere Zukunft für mich selbst aufzubauen."

Lizette und Crazy Anne brachten Mae alle Tricks bei. Sie zeigten ihr, wie man die Gäste betrunken machte, sodass sie ihre männlichen Bedürfnisse nicht mehr ausführen konnten und wie man dabei aber selbst nüchtern blieb, indem man eine Flasche Tee mit der Farbe von Whiskey hinter der Bar versteckte. Die Barkeeper arbeiteten Hand in Hand mit den Frauen des Bordells.

Ihre neuen Freundinnen zeigten ihr auch, wie sie ihre eigene Schönheit betonen konnte, wenn sie Wangen und Lippen mit dem Saft von Himbeeren färbte. Kleine Stücke von parfümiertem Leinen unter ihren Kleidern, hielten den Gestank von Schweiß und Zigarren von der eigenen Haut fern.

Es dauerte nicht lange und Mae Davenport war eine vielbegehrte Lady der Nacht in dem Haus von fragwürdiger Moral und konnte tatsächlich ihre zahlenden Liebhaber auswählen.

Sie zahlten ihr Münzen aus purem Silber und die ehemalige Zirkustänzerin hatte in kürzester Zeit ein kleines Vermögen angehäuft.

Das Einzige, was ihr Sorgen bereitete war, dass sie nicht wusste was wohl Russian Bill von ihr dachte. Sie hatten seit dem Tag in Nellie Cashmans Restaurant nicht mehr miteinander gesprochen. Sie grüßten sich über den Saal hinweg, aber das war alles. Irgendwie spielte seine Meinung über sie aber für Cheryl eine große Rolle.

Eine Woche später entschied sich Mae ein schimmerndes, rotes Kleid zu tragen, welches sie mit der Hilfe von Crazy Anne genäht hatte. Mae sah darin wunderschön aus und das Kleid betonte ihre schlanke Figur.

Sie war zwischenzeitlich in Lizettes und Crazy Annes Haus gezogen. Die drei jungen Frauen teilten sich die Kosten und hatten sich ein Zuhause geschaffen, in dem sie ihre Tageszeit mit fröhlichem Quasseln, dem täglichen Kochen und dem Nähen ihrer Garderobe verbrachten. Eine anständige und respektierte Schneiderin wäre niemals Willens gewesen ihnen ihren Service anzubieten.

Zwar waren die drei Frauen beliebt unter den Männern der Stadt, aber gleichzeitig verhasst bei den sogenannten *puren Frauen* der Gemeinde. Die anständigen Gattinnen der Stadt lästerten ohne Unterlass über die leichten Mädchen, die im berühmtesten Bordell des Westens arbeiteten und wären sicherlich sehr überrascht gewesen, wenn sie gewusst hätten, wie oft ihre geliebten Ehemänner ihre Zeit in den Armen eines gefallenen Engels verbrachten.

Lustigerweise war jedoch das Geld, welches die Frauen von fragwürdiger Moral der Kirche oder anderen Institutionen der Stadt regelmäßig spendeten, trotz aller Häme jederzeit willkommen.

Mae verabscheute Heuchler und so hielt sie sich fern von der gesamten weiblichen Population von Tombstone, es sei denn es handelte sich ebenfalls um eine Lady der Nacht, wie sie selbst eine war.

So kam Mae an diesem spezifischen Abend am Bird Cage Theater an und sah in ihrem roten Kleid noch atemberaubender als sonst aus. Mister Hutchinson zog sie auf die Seite, sobald sie hinter die Bühne trat.

„Ich habe heute Nacht einen speziellen Gast für dich, Mae. Er hat im Voraus für die gesamte Nacht bezahlt. Du bekommst einen Anteil von vierzig Dollar in Silber!" Die schöne Frau starrte den Besitzer des verruchten Etablissements an.

Das war ein kleines Vermögen und Mae fragte sich, wer wohl solch eine ungeheure Summe und sogar einen größeren Anteil für Hutchinson für eine Nacht mit ihr bezahlte.

Sie ging nach unten und direkt in das Zimmer hinter der ersten Holztür neben dem Pokertisch und wartete auf ihren Liebhaber für die Nacht hinter der geschlossenen Türe.

Sie hoffte sehr, dass der Mann nicht irgendwelche brutalen Gelüste bevorzugte, wenn es um die körperliche Zuneigung ging, für die er bezahlt hatte. Es war erst ein paar Tage her, dass eines der Mädchen brutal vergewaltigt worden und ihr hübsches Gesicht mit einem Bowie Messer für immer entstellt worden war. Da ihr gutes Aussehen dadurch zerstört war, blieb dem unglücklichen Mädchen nichts Weiteres übrig, als ihren Lebensunterhalt in einem der billigen Verschläge auf der sechsten Straße zu verdienen.

Der Vorfall hatte sie alle aufgerüttelt und Mae daran erinnert, niemals die Gefahren ihres neuen Lebens zu unterschätzen. Sie war Nellie Cashmans Rat gefolgt und hatte eine kleine Derringer Pistole gekauft, die sie gut unter ihren Röcken versteckt hielt.

Mae schloss die Türe, hörte aber immer noch die Geräusche des Pokerspiels, dass sich auf der anderen Seite der Holzwand abspielte, begleitet von den lauten Zwischenrufen und männlichen Flüchen, sowie dem gedämpften Gelächter einer Frau im Zimmer nebenan.

Mae stocherte im Feuer, das in einem kleinen Ofen brannte. Es war kühl geworden in dem Gebäude und sie war dankbar für die warme Glut. Sie hoffte, dass ihr heutiger Liebhaber sich zumindest um seinen eigenen Körper kümmerte. Auch wenn sie nun eine Prostituierte war, hasste sie übelriechende Männer und manchmal war der Gestank von Whiskey, Zigarren und Bier in Kombination mit altem Schweiß fast überwältigend im Theater über ihr. Speziell wenn man sich in der Nähe der Haupt Bar hinter der Eingangstüre des Bird Cage Theaters bewegte, war der Geruch schier unerträglich.

Sie dimmte das Licht der Petroleumlampe und betrachtete ihren eigenen Schatten, der im Flackern der Flamme über die Wand tanzte. Als Mae die Tapete mit ihrem Blumenmuster anschaute, hörte sie wie sich die Türe hinter ihr öffnete. Eine Welle von Klaviermusik und lautem Gelächter driftete in das Zimmer und war das Signal, dass ihr Liebhaber für diese Nacht eingetreten war.

Mae wollte sich gerade umdrehen, als eine flüsternde Stimme ihr befahl ruhig mit dem Rücken zu ihm stehen zu bleiben. Er sprach sehr leise und sie konnte ihn kaum verstehen, aber sie spürte, dass er sich ihr näherte. Der Mann berührte sie sanft an den Schultern. Mae spürte, wie er seine Brust gegen ihren Rücken lehnte und wurde nervös.

Sie wollte sehen, wer mit ihr im Zimmer war, aber der Unbekannte erlaubte ihr noch nicht sich umzudrehen. Er hielt sie fest umschlungen und Mae fing an sich Sorgen zu machen. Da küsste er ihren Nacken. Es war eine zärtliche Berührung und sie konnte sich nicht dagegen wehren es zu genießen.

Seine Hände bewegten sich von ihren Schultern nach unten, folgten ihrer Wirbelsäule und ruhten einen Moment an ihrer Taille. Langsam, ohne jegliche Eile schnürte er ihr Korsett auf. Sie hielt ihren Atem an, als er es über ihren schlanken Oberkörper schob.

Mae war noch nie mit solcher Zärtlichkeit ausgezogen worden. Seine Hände folgten jedem Zentimeter ihrer nackten Haut und ließen sie vor Lust erzittern. Sie nahm das Geräusch einer Taschenuhr wahr, die er auf den Nachttisch neben ihr legte und das Rascheln von Stoff, der auf den Boden fiel.

Das nächste was sie fühlte war die warme Brust des Mannes, die sich an ihren Rücken presste, während er sie in seiner Umarmung hielt. Haut an Haut standen sie da und nahmen die Wärme des jeweils anderen in sich auf. Seine Brust fühlte sich muskulös an und sein Bauch schien flach und fest. Der moschusartige Duft, der seinen Oberkörper umgab, trug noch zu ihrer Erregtheit bei.

„Dreh dich um, Mae!", wies er sie an.

Überrascht starrte die dunkelhaarige Frau mit weit

aufgerissenen Augen in die attraktiven Gesichtszüge von Russian Bill und sofort hatte sie das Bedürfnis sich zu bedecken, aber er schüttelte seinen Kopf. „Schäm dich nicht, Mae!"

„Wie soll ich mich denn fühlen? Du hast für mich bezahlt, also nimm dir was immer der Preis wert ist!" Sie hatte nicht beabsichtigt ihn zu verletzen, aber war zu schockiert herauszufinden, dass ausgerechnet Bill derjenige war, der für eine ganze Nacht mit ihr bezahlt hatte.

Von all den Männern in diesem Haus der Sünde hatte Mae Davenport niemals gewollt, dass er ihren Körper kauft. Sie benahm sich lächerlich und sie wusste es, denn sie war nichts anderes als eine Dienerin der Sünde, aber sie konnte nichts dagegen tun. Scham und Trauer durchfluteten sie und füllten ihre Augen mit Tränen.

Er wirkte verletzt, als er sein Hemd und seine Weste aufhob. „Du kannst das Geld behalten. Ich muss mich keiner Frau aufdrängen, Mae Davenport. Normalerweise heißen mich die Frauen bedeutend herzlicher willkommen als du!"

Sie fühlte sich, als ob er ihr eine Ohrfeige verpasst hätte. Er zog sich wieder an und lief zur Türe und war kaum in der Lage seine Enttäuschung und Zorn zu kontrollieren. Er griff nach dem Türknopf, blieb aber stehen als Mae ihn zurückrief.

„Von all den Männern hier, bist du der Einzige, bei dem ich mir Sorgen mache, was du über mich denkst. Wie könntest du eine Frau wie mich respektieren? Du weißt, wie ich mein Geld verdiene, speziell jetzt, seit ich nicht mehr mit der Zirkustruppe reise. Warum hast du diesen hohen Preis gezahlt? Warum mich für die ganze Nacht bezahlt? Ist dein Hunger für die Frauen so maßlos?"

Sie zitterte und hielt sich verkrampft an ihrem Kleid fest. Seltsamerweise wollte sie dennoch nicht, dass er den Raum verließ. Mae war zutiefst verwirrt und wusste nicht wie sie diese neuen, unbekannten Emotionen, die über sie wie eine kalte Welle hereinbrachen, handhaben sollte. Sie fühlte sich wie eine Närrin und schämte sich bis auf die Knochen.

Er drehte sich langsam zu ihr um. „Ich habe es getan, weil ich die ganze Nacht mit dir zusammen sein wollte. Nur mit dir und nicht einfach mit irgendeiner Frau, Mae. Ich habe für die ganze Nacht bezahlt, weil ich den Gedanken nicht ertragen konnte, dass irgendein anderer Kerl deinen Körper anfassen könnte, nachdem ich mit dir das Bett geteilt habe. Der Grund, warum ich bezahlt habe ist, weil ich mein Begehren für dich nicht länger zurückhalten kann. Ich habe mich offensichtlich geirrt, denn ich dachte du fühlst das Gleiche."

„Das tue ich auch, Bill, aber als Frau und nicht als käufliche Hure. Ich will das Gleiche, aber doch nicht für das Silber, sondern um dich zu spüren und dein Herz und deine Seele genauso zu berühren, wie deinen Körper. Ja, ich begehre dich, aber du siehst mich als käufliche Ware. Du hast für mich bezahlt, um mich berühren zu können und du hast mir nie gezeigt, dass du das Geringste für mich empfindest."

Sie drehte sich von ihm weg und fühlte sich am Boden zerstört. *Das lief alles falsch, er sollte gar nicht hier sein; ich sollte nicht hier sein!* Ihre Augen waren feucht.

Er schaute zu ihr zurück, lief auf sie zu und sie stand vor ihm wie ein unsicheres Kind, die Augen voller Tränen, die nun ungehindert über ihre erhitzten Wangen rollten.

Bill fühlte sich von ihr angezogen wie eine Motte von der Flamme. Er hob ihr Kinn mit seinen Fingern an und zwang sie dazu in seine Augen zu blicken, die durch sein Begehren zu einem rauchigen Grau geworden waren.

„Dann beweise mir, dass du mich willst, Mae! Lass es mich fühlen!"

Er wartete ihre Antwort nicht ab, sondern küsste sie hart und leidenschaftlich und Mae erwiderte den Kuss mit einem Hunger, den sie bislang nicht gekannt hatte. Sie wurde von seiner Intensität und der Art wie ihr Körper darauf reagierte, weggerissen.

Das Bird Cage Theater und das Pokerspiel draußen verblassten im Sturm der Leidenschaft und der Lust, die hinter der Türe des ersten Bordellzimmers tobte. Keiner der beiden hielt sich zurück. Sie ergaben sich ihren Gefühlen, die sie zu lange unterdrückt hatten. Die beiden Liebenden eroberten jeweils den Körper des anderen, erforschten jeden Zentimeter der nackten Haut und badeten für Stunden in gegenseitiger Leidenschaft.

Sie versanken in der Lust des anderen und waren nicht willens der körperlichen Erschöpfung klein beizugeben. Die Nacht war immer noch jung und Russian Bill hatte mit dem Glanz der Silberdollar, die er in Hutchinsons Hand gelegt hatte, Maes Gesellschaft bis zum Morgengrauen gekauft. Er würde sie heute Nacht zu seiner Frau machen und hoffentlich auch für die Zeit danach.

Kapitel Dreizehn

Cheryl starrte das Bild in dem staubigen Spiegel an. Das schwache Aroma von Kirschtabak war noch immer in der Luft. Sie berührte zögernd ihre Lippen. Plötzlich erklang eine flüsternde Stimme. „Spürst du mich Mae? Ich vermisse dich so!"

Als Cheryl sich umdrehte, um herauszufinden woher die Stimme kam, blickte sie auf den kleinen, offenen Gewölbekeller mit seinem Lehmboden am Ende des Flurs. Rechts davon schien ein drittes Zimmer zu sein. Die Türe davon war geschlossen und hier war auch kein Brett aus dem Türblatt entfernt worden, um einen Einblick in dieses Zimmer zu gewähren.

Neugierig trat Cheryl auf den verschlossenen Raum zu und entdeckte ein kleines Hinweisschild neben der Türe welches verkündete, dass dieses Zimmer bald für Besichtigungen offen sein würde. Anscheinend war dies damals wohl eine Art Badezimmer und Garderobe für die Spieler gewesen.

Cheryl trat näher und berührte vorsichtig das Türblatt. Es fühlte sich seltsam kalt an und Cheryl wurde plötzlich überwältigt vom Gestank verwesenden Fleisches, der direkt aus dem Holz zu kommen schien. Sie stolperte erschrocken zurück und stieß dabei gegen das Geländer, welches den Pokerbereich vom Flur trennte.

„Mae, bleib da weg! Ich kann dich nicht beschützen, wenn du diesen Raum betrittst." Wieder erklang die Stimme wie ein Echo in ihrem Kopf und diesmal hatte das Flüstern einen drängenden Unterton.

Cheryl verließ rasch den Spielerbereich und stolperte dabei fast in den nächsten Raum des Museums. Der Gestank drehte ihr beinahe den Magen um und dennoch wurde sie mit jedem Schritt, den sie sich von den ehemaligen Zimmern der Prostituierten entfernte, trauriger. Aus irgendeinem unerfindlichen Grund wollte sie das Gebäude nicht verlassen.

Im angrenzenden Zimmer waren unzählige alte Fotos und Dokumente ausgestellt. Unter anderem befanden sich hier auch die gerahmten Lizenzen, die den Ladies von leichter Moral erlaubt hatten, ihren Service im ältesten Gewerbe der Welt anzubieten. Zu ihrer Überraschung sah Cheryl auch eines dieser Dokumente, ausgestellt auf den Namen Mae Davenport. Es hing an der rückwärtigen Wand.

Eine einzelne Träne rollte über Cheryls Wange. Sie

wusste, dass sie eine Verbindung mit dem Schicksal dieser Mae hatte, aber sie verstand nicht warum und in welcher Form.

„Gütiger Himmel, was war das nur für ein furchtbarer Gestank gewesen?", murmelte Cheryl, während ihr Magen noch immer rebellierte. Cheryl lief zurück zum Haupteingang des Gebäudes. Die Lady hinter der Kasse lächelte sie an.

„Hat dir die Tour gefallen? Hast du irgendwelche Fragen?"

„Hast du jemals von einer Frau namens Mae Davenport gehört?" fragte Cheryl neugierig.

„Hmmm, lass mich nachdenken. Oh ja, jetzt erinnere ich mich. Sie kam wie die meisten Mädchen ihrer Art während der Zeit des Silberbooms hier an. Mae war Mitglied einer Varieté Truppe gewesen und als diese zur nächsten Stadt zog blieb sie einfach hier. Sie hat dann hier in der Stadt als sogenannte beschmutzte Taube oder Prostituierte, wie du es heute nennen würdest, gearbeitet.

Wir haben ihre Lizenz, die vom damaligen Marshal ausgestellt worden war, unten im Dokumenten Zimmer an die Wand gehängt. Und nun rate mal, wer diese Lizenz damals unterschrieben hat. Es war niemand geringerer als der berühmte Virgil Earp. Die Stadt hat gutes Geld mit den Frauen von fragwürdiger Moral verdient. Jeder gefallene Engel musste eine Gebühr an die Stadt zahlen, um ihren Service anbieten zu dürfen. Der Stadtrat bestand darauf, dass alle Prostituierten mindestens einmal im Monat vom Doktor untersucht wurden, um die Ausbreitung von Krankheiten einzuschränken. Wenn du mich fragst wurde das damals sehr viel schlauer gehandhabt als heutzutage."

Cheryl war fasziniert. „Dann haben also die Leute der Stadt die leichten Mädchen zwar wie Aussätzige behandelt, aber deren Geld haben sie dennoch akzeptiert, obwohl es mit Sünde verdient war?" Ihr Gegenüber nickte eifrig.

„Ja genau so war das. Übrigens, ich bin Teresa. Du musst entschuldigen, ich hatte heute Morgen so damit zu tun das Museum für den Tag bereit zu machen, dass ich mich nicht mal selbst vorgestellt habe."

Die jüngere Frau schüttelte die ausgestreckte Hand. „Cheryl. Es freut mich dich kennenzulernen, Teresa!"

Teresa, die hinter der alten Theke der Bar stand, wirkte einen Moment nachdenklich. „Weißt du, viele Leute in der Stadt verabscheuten die zwielichtigen Frauen des Gewerbes. Aber die Schürfer liebten die Mädchen natürlich. Es war so ein harter Job nach Silber zu graben und viele der Männer sind viel zu jung dabei gestorben. Einige von ihnen sind jämmerlich in den Minenschächten ertrunken, denn je tiefer sie gruben je höher stieg das Grundwasser. Sie verloren ihr Leben, wenn die Schächte über ihnen zusammenbrachen. Aber die meisten sind an Tuberkulose gestorben, genau wie unser berühmter Doc Holliday.

Leider hatten nicht wenige der Minenarbeiter Krankheiten wie Syphilis und haben diese an die gefallenen Engel weitergegeben. All diese Männer waren so dankbar für ein wenig weibliche Zuneigung und es machte ihnen nichts aus, dass sie dafür bezahlen mussten. Wenn du es so betrachtest könnte man sagen, dass auch die gefallenen Engel Pioniere waren, die den Westen genauso wie die Minenarbeiter, Cowboys und Revolverhelden erobert haben, wenn nicht sogar noch mehr."

„Das klingt fast so, als ob du die gefallenen Engel ins Herz geschlossen hättest, Teresa." Cheryl betrachtete die ältere Frau, die in einem romantischen, viktorianischen Kleid mit passendem Hut gekleidet war. Sie sah so authentisch aus, als ob sie geradewegs aus einer Westernszene des Jahres 1882 marschiert wäre.

Teresa tätschelte Cheryls Hand. „Du bist erst ein paar Wochen hier. Du wirst bald sehr viel mehr verstehen, glaub mir. Im Übrigen hast du recht. Die Frauen der Nacht von damals liegen mir wirklich sehr am Herzen. Ich habe viel über deren Lebensumstände recherchiert. Übrigens, genau wie deine Chefin Dorothea. Einige der Frauen waren tragische Persönlichkeiten. Viele von ihnen waren so unglücklich, dass sie sich das Leben nahmen. Andere waren Alkoholikerinnen oder Laudanum süchtig, aber glaube mir, wann immer ihre Hilfe in der Stadt gebraucht wurde, waren sie für die Bedürftige zur Stelle.

Einige der sogenannten Madams, die die Bordelle führten, haben diese öfters in eine Krankenstation umgewandelt und so manchen Minenarbeiter wieder aufgepäppelt, wann immer eine Epidemie die Stadt heimgesucht hat. Nie haben sie dafür einen müden Nickel verlangt."

Teresa lachte, als sie Cheryls überraschten Gesichtsausdruck sah. „Nicht wirklich das Benehmen, was man von Prostituierten erwarten würde, richtig? Aber es ist die Wahrheit. Dieses Museum besitzt sogar historische Dokumente, die das alles belegen."

Cheryl nickte. Dann schüttelte sie Teresas Hand abermals. „Noch einmal vielen Dank für deine Geduld und Erklärungen, Teresa. Ich hoffe, dass wir uns bald wieder miteinander unterhalten können, aber ich sehe gerade, dass eine Gruppe Touristen auf das Museum zukommt und ich möchte dich nicht länger von der Arbeit abhalten."

„Du bist immer herzlich willkommen, Hübsche. Besuch mich gerne wieder. Frag bei Heather einfach nach meinen Arbeitstagen. Es macht mir immer sehr viel Freude jemanden zu treffen, der wirklich an der Geschichte hier interessiert ist."

Cheryl war gerade dabei durch die Tür zu gehen, als sie sich plötzlich daran erinnerte, dass sie der Museumsangestellten noch etwas sagen wollte. „Teresa, ich habe noch etwas vergessen. Da unten im Kellergeschoss in dem Bereich der dritten Türe gegenüber der kleinen Bar stinkt es fürchterlich, als ob ein totes Tier irgendwo da unten verwest."

Die Frau hinter dem Tresen zögerte. „Wahrscheinlich ist es nur irgendein Nagetier oder eine streunende Katze. Vielleicht hat sich das Tier am Tag hier hereingeschlichen und konnte nicht mehr herausfinden. Das passiert ab und zu einmal. Nun, es wird wahrscheinlich nicht lange riechen. Alles hier in diesem Gebäude ist so knochentrocken, dass das Vieh bald mumifiziert sein wird."

Cheryl hatte ihre Zweifel an dieser Erklärung. „Wenn das tote Tier da unten im dritten Zimmer liegt, wäre es wahrscheinlich einfacher, es zu entfernen, bevor es noch mehr anfängt zu stinken."

Aber die Museumsangestellte schüttelte ihren Kopf und sah dabei besorgt, ja fast sogar verängstigt aus. „Mädchen, niemand von uns betritt dieses dritte Zimmer. Da ist es nicht sicher!" Schnell drehte sich die Frau von Cheryl weg. Sie tat so, als ob sie das Wechselgeld in der Kasse zählte, während sie auf die Touristengruppe wartete, die langsam auf die Tür zukam. Die Leute vor dem Eingang diskutierten aber noch, ob sie die Eintrittstickets bezahlen wollten oder doch lieber weiterziehen sollten.

Es war zu spät Teresa zu fragen, was sie damit gemeint hatte, dass jenes Zimmer nicht sicher wäre, denn die fleißige Angestellte des Bird Cage Theaters hatte bereits begonnen die Touristen zu begrüßen. Cheryl drehte sich um und verließ das Gebäude. Sie sah nicht wie Teresa ihr mit einem besorgten Gesichtsausdruck hinterher blickte.

Auf ihrem Weg zurück zu ihrem momentanen Zuhause kaufte Cheryl zwei Bücher in der lokalen Buchhandlung. „Beschmutzte Tauben des Westens" und „Tombstones Rotlichtbezirk." Sie nahm sich vor den restlichen Tag mit lesen zu verbringen und ihre freie Zeit zu genießen. Sobald sie Zuhause ankam, startete Cheryl ihre geliebte Kaffeemaschine und kochte sich frische Pasta.

Natürlich war dies nicht ein typisches Wild West Gericht, aber Spaghetti Bolognese war einfach ihr persönliches Lieblingsessen.

Schon bald war das Haus mit herrlichen Aromen erfüllt und Cheryl schöpfte sich das schmackhafte italienische Gericht auf ihren Teller. Sie war schon immer stolz auf ihr Talent als Köchin gewesen.

Während sie allein am Küchentisch saß und aß, kehrten ihre Gedanken zu dem historischen Theater und zu dem Gesicht zurück, welches sie in dem antiken Spiegel im Zimmer des Kellergeschosses gesehen hatte. *Ist das alles wirklich geschehen oder spielt meine Fantasie einfach verrückt?*

Ihre moderne Bildung machte es ihr unmöglich zu glauben, dass dies alles wirklich passierte. Dennoch, tief in ihrem Unterbewusstsein wusste sie, dass da mehr dahintersteckte. Die Stimme, die sie bereits öfters vernommen hatte, klang so vertraut und beruhigend. Der Geruch der Kirschtabak Zigarren war ein so willkommenes Aroma, obwohl sie selbst doch gar nicht rauchte.

Als sie ihre Mahlzeit beendet hatte, goss sie sich eine große Tasse Kaffee ein, setzte sich in den Schaukelstuhl auf die Veranda und schlug das erste Buch „Tombstones Rotlichtdistrikt" von Ben Traywick auf. Auf dem Innenumschlag stand, dass der Autor ein Historiker war, der in Tombstone wohnte. Cheryl las die ersten paar Zeilen und war sofort von dem Buch gefangen genommen.

Ihr Kaffee stand vergessen auf dem kleinen Tisch neben dem Schaukelstuhl. Sie achtete nicht auf den Verkehr, der von Zeit zu Zeit die Straße entlangkam. Sie schaute kaum auf, wenn ein Auto oder ein Motorrad an der Veranda vorbeifuhren und vergaß sogar den Jungs auf den Kutschen auf ihrem Heimweg zuzuwinken, als diese die Straße entlang gerumpelt kamen.

Sie legte das Buch nur ein einziges Mal beiseite um kurz ins Badezimmer zu gehen und ihren warmen Schal zu holen. Mit einem Fuß unter ihrem Schoß las die Studentin weiter.

Das Buch beschrieb die täglichen Strapazen der Prostituierten und das Geld, das im Rotlichtbezirk verdient wurde. Ursprünglich erstreckten sich der Bereich des sündigen Gewerbes über unglaubliche sechs Häuserblocks des historischen Tombstones. Cheryl betrachtete die schwarzweiß Fotografien der Frauen in dem Buch und berührte sanft deren Wangen.

Als sie umblätterte, blickte ihr das eindringliche, sepiafarbene Portrait von Lizette entgegen. Der gefallene Engel sah zwar zerbrechlich aus, aber war dennoch eine umwerfende Schönheit mit langem, lockigem Haar, welches einen flammend roten Farbton gehabt zu haben schien.

Cheryl starrte wie hypnotisiert auf das Foto. Sie bemerkte nicht einmal, dass ihr Tränen über die Wangen liefen. Die einzige Emotion, die sie fühlte, war Entsetzen, denn sie erkannte Lizette. *Aber wie ist das möglich?* Diese Prostituierte hatte vor über hundert Jahren gelebt und dennoch hätte sie das Gesicht überall erkannt.

Cheryl schluchzte auf. Erschüttert las sie den Abschnitt über Lizettes Erfolg als sogenannte `fliegende Nymphe´ im Bird Cage Theater, gefolgt von ihrer selbstzerstörerischen Alkoholsucht und psychischen Problemen. Lizettes Leben endete tragisch mit ihrem Selbstmord.

Als Cheryl schließlich aufhörte zu lesen, hatte sie die letzte Seite des Buches erreicht und es wurde bereits dunkel. *Oh mein Gott, es ist ja bereits Abend. Ich habe nicht mal gemerkt wie die Zeit vergangen ist.* Das Buch hatte sie so sehr gefesselt.

Sie schaute sich abermals die Bilder von Mae Davenport und Lizette, deren Familienname ein Geheimnis der Vergangenheit blieb, an. Ihr ganzes bisheriges Tombstone Abenteuer fühlte sich wie ein Traum an. Zum ersten Mal in ihrem Leben erschienen ihr die modernen Zeiten mit ihren Autos, Mobiltelefonen und Computern unrealistisch und seltsam.

Cheryl ging zurück ins Haus und blickte auf den großen Fernseher in dem kleinen Wohnzimmer. Er stand auf einer wunderschön gearbeiteten, antiken Kommode und wirkte wie ein unwillkommener Eindringling. Das Produkt der Unterhaltungselektronik passte nicht ins Haus.

Sie machte sich nicht einmal die Mühe den Fernseher einzuschalten, sondern nahm stattdessen eine heiße Dusche und ging zu Bett, nachdem sie ihr Telefon ausgeschalten hatte. Sie fühlte sich erschöpft. Ihre Träume waren gefüllt mit Bildern eines voll besetzten Saloons und einer wunderschönen Lizette, die an einem dünnen Stahlseil über dem Publikum schwebte. Die `*fliegende Nymphe'* lächelte Cheryl in ihrem Traum zu und Cheryl lächelte zurück.

Kapitel Vierzehn

Am nächsten Tag lud Dorothea Cheryl nach der Arbeit zum Abendessen ein. Die junge Frau stellte ihrer Vorgesetzten Fragen über Mae Davenport und die Managerin des Courthouse Museums teilte ihr mit, was sie über die Frau wusste. „Sie kam in die Stadt mit einer Zirkustruppe, aber blieb dann in Tombstone als Mädchen von leichter Moral. In dem

Gewerbe der gefallenen Engel konnte sie sehr viel mehr Geld verdienen. Es gibt Gerüchte, dass sie eine ernsthafte Beziehung mit einem Spieler namens Russian Bill im Bird Cage Theater einging.

Er war eine weitere tragische Figur des Silberbooms und hat von sich selbst immer behauptet, der Sohn einer adligen Russin zu sein. Daher hatte er auch seinen Spitznamen `Russen Bill´ erhalten. Tatsache ist, dass er unter tragischen Umständen gestorben ist. Er wollte so sehr zu den Outlaws der Stadt gehören und wenn ich mich richtig erinnere, wurde er am Schluss sogar gehängt. Über Mae erzählt man sich, dass sie ihn sehr liebte und dass sie nie über den Verlust der Liebe ihres Lebens hinweggekommen war."

Die Kellnerin des Depot Restaurant brachte ihre Pizza. Als sie anfingen zu essen fragte Cheryl woher Dorothea die ganzen Informationen hätte. Diese zögerte einen Moment. Als sie anfing zu erzählen errötete sie dabei.

„Das meiste davon habe ich aus alten Stadtdokumenten recherchiert. Als wir das Courthouse übernahmen, haben wir ganze Kisten voller alter Dokumente im Speicher gefunden. Aber Crazy Anne hat mir auch einiges erzählt."

„Aha, und wer ist Crazy Anne?" Cheryl wartete auf die Antwort und hörte einen Moment auf zu kauen. Dorothea zuckte nur mit den Schultern.

„Nun, das ist meine Urgroßmutter, der das Haus gehörte, indem du momentan wohnst." Cheryl verstand zuerst nicht. „Dann musst du eine Art Taschenbuch oder so etwas gefunden haben! Das ist ja spannend." Aber die Frau, die ihr gegenübersaß, schüttelte den Kopf.

„Nein Cheryl, sie spricht mit mir über diese Dinge." Cheryl starrte Dorothea erstaunt an und wusste nicht, was sie sagen sollte. Eine peinliche Stille entstand zwischen ihnen. Dorothea hob entschuldigend die Hände.

„Ich weiß das ist schwer zu glauben und ich erwarte es auch nicht von dir. Du hast mich geradeheraus gefragt und ich habe ehrlich geantwortet. Ich habe Crazy Anne mehr als einmal gesehen und glaub mir, am Anfang habe ich an meinem Verstand gezweifelt. Als ich sie das erste Mal sah, habe ich mir sogar neue Brillengläser machen lassen, weil ich dachte irgendetwas stimmt mit meinen Augen nicht.

Nach ein paar Erscheinungen fing sie an mit mir zu sprechen. Sie erzählte mir über Vorkommnisse während der Blütezeit von Tombstone. Es waren Ereignisse, die Bert und ich später alle in den alten Dokumenten wiederentdeckten. Die Namen der Leute, die sie nannte und auch Gerichtsverfahren, die hier in der Stadt stattgefunden haben, all das ist in diesen Unterlagen beschrieben.

Prostituierte und Künstlerinnen, die im Bird Cage ihren Lebensunterhalt verdienten, haben wirklich existiert, genauso wie sie es mir erzählt hat. Sie hat mir von Details berichtet, die du in keinem Touristenbuch, Reiseführer oder Souvenirshop finden kannst.

Glaub mir, ich hatte zu Anfang furchtbare Angst und Panik. Als ich Bert darüber erzählte war er kurz davor mich in die Psychiatrie einweisen zu lassen. Aber dann eines Tages sah er sie selbst. Von dem Moment an haben wir uns beide richtig in die Recherche hineingekniet. Wir konnten jedes Detail, welches sie uns mitteilte als wahr belegen."

Cheryl schüttelte ihren Kopf. Sie mochte die McEntires sehr und irgendwie spürte sie, dass die Frau diese Geschichte nicht erfunden hatte. Und dennoch konnte sich Cheryl nicht dazu überwinden Dorothea zu glauben. Sie war in der Welt der modernen Wissenschaft und Schulbildung groß geworden, die es ihr unmöglich machten, dieser Geschichte Glauben zu schenken.

Diese ganze Stadt schien in den 1880er Jahren festzustecken und fast hatte es den Anschein, als ob Tombstone die Menschen hier veränderte.

Der Rest des Abends verging mit oberflächlichen Smalltalk. Beide Frauen waren froh, als die Kellnerin mit ihrer Rechnung kam. Nachdem sie gezahlt und ihre Jacken angezogen hatten, gingen sie hinaus zu Dorotheas Pickup Truck. Cheryl jedoch sagte ihr, dass sie lieber nach Hause laufen würde. Dorothea zögerte noch ein Moment, aber dann wünschte sie ihr eine gute Nacht.

„Okay Cheryl, wir sehen uns Morgen im Courthouse. Vielen Dank, dass du mich zum Abendessen begleitet hast."

Die kalifornische Studentin winkte ihr zum Abschied zu und schaute den Rücklichtern des Pickups hinterher, die um die nächste Straßenecke verschwanden.

Cheryl lief langsam und gedankenverloren die ruhige Straße entlang. Sie dachte darüber nach, was ihre Freundin ihr über Crazy Anne erzählt hatte.

Plötzlich berührte eine eisige Briese ihre Wangen. Cheryl hob den Blick und fragte sich verwundert, woher der kalte Wind so unerwartet gekommen war. Sie stand direkt vor dem Bird Cage Theater. Sie hatte nicht darauf geachtet, wo sie sich befand, seit sie das Restaurant verlassen hatte, sondern grübelnd nur zu Boden geschaut.

Das alte Gebäude sah ganz anders aus in der Nacht. Wie ein Feind schien es sie in eine Falle locken zu wollen. Sie fühlte sich, also ob eine fremde Macht sie zum Gebäude ziehen würde und auf ihren Armen bildete sich eine Gänsehaut. Aus dem Nichts hörte sie plötzlich eine bedrohliche Stimme, die nach ihr rief.

„Du solltest schon längst bei der Arbeit sein. Komm sofort hierher! Du bist spät dran." Die Stimme war nicht die, welche Cheryl zuvor ein paar Mal gehört hatte. Diese klang mehr wie ein boshaftes Knurren. Sie schritt langsam auf den Haupteingang mit den braunen Doppeltüren zu, ohne sich dessen überhaupt bewusst zu sein.

„Bring mich nicht soweit, dass ich dich holen komme. Mach dich sofort an deine Arbeit!" Der kalte Wind war nun überall um Cheryl herum und sie fürchtete sich vor der Stimme. Sie hörte sie laut und deutlich. Als Cheryl die Eingangstüre berühren wollte, vernahm sie plötzlich das Aroma des Kirschtabaks, der sie sanft einhüllte.

„Mae, meine Liebe, du musst sofort gehen! Er ist ein Teufel und wird dich nie mehr gehen lassen, wenn du jetzt durch diese Türe trittst." Die angenehme Stimme, die sie mittlerweile überall erkannt hätte, war ein drängendes Flüstern neben ihrem rechten Ohr.

Sie spürte, dass jemand neben ihr stand, aber konnte keine Menschenseele auf der Straße erkennen. Sie drehte sich vom historischen Gebäude weg und folgte dem Aroma der süßlichen Zigarren, welches sie die Allen Street entlang lockte, weg von dem Museum. Alles was Cheryl wusste war, dass sie der Stimme vertrauen konnte. Wie in Trance setzte sie einen Fuß vor den anderen und stand plötzlich vor ihrem Gästehaus.

„Mae, du darfst niemals das Bird Cage in der Nacht betreten, es sei denn du bist bei mir!"

Cheryl schüttelte ihren Kopf. „Mein Name ist Cheryl. Ich weiß nicht, wer du bist und warum, in Gottes Namen, zeigst du dich mir nicht, du Feigling!"

Es herrschte ein Moment der Stille und Cheryl drehte sich enttäuscht um und schloss die Tür auf. „Vielleicht ist das heute dein Name, aber dein wirklicher Name ist Mae, Mae Davenport!" Die Worte verklangen in der Nacht und Cheryl blickte in die Dunkelheit. Der Geruch der Zigarren war verschwunden.

Die ratlose Frau war frustriert und bedrückt über den Ausgang des Abends. Was nur war passiert vor dem alten Bordell? Der zornige Mann, dessen Stimme sie gehört hatte, erschien wie ein grober und gefährlich klingender Zeitgenosse. Und da war dann noch die zweite Stimme, die ihr mittlerweile schon vertraut schien. So freundlich, so beruhigend. Ihr Klang brachte eine Seite ihres Unterbewusstseins zum Schwingen.

Ich habe diese Stimme früher schon irgendwo gehört, aber immer, wenn ich glaube mich erinnern zu können, verschwindet das Gefühl wieder. Mir scheint ich kenne diesen Mann, aber ich kann einfach nicht sagen woher. Wer ist er?

Cheryl war traurig darüber, wie der Abend im Restaurant mit Dorothea geendet hatte und sie machte sich Sorgen, dass sie vielleicht sogar unfreundlich gegenüber ihrer Vorgesetzten erschienen war. Die Frau war ihr mittlerweile zu einer wertvollen Freundin geworden. „Ich muss mich morgen unbedingt entschuldigen", murmelte sie vor sich hin. *Wer bin ich denn, dass ich andere für ihren Glauben verurteilen* könnte?

Als sie ins Bett ging, war sie immer noch betrübt. In der Nacht drehte und wälzte sie sich hin und her. Sie war gefangen in einem Alptraum.

Sie stand in einem Raum voller dichtem Zigarrenqualm. Sie schaute auf eine Bühne, die mit Can Can Tänzerinnen bevölkert war und sah unzählige Männer, die davorstanden. Aber Cheryl war auf dem Weg eine Treppe hinunter, denn sie wusste, dass der Fremde, der so sanft zu ihr gesprochen hatte auf sie wartete.

In ihrem Traum öffnete sie die Türe zum ersten Zimmer gegenüber dem Pokertisch. Er drehte sich zu ihr um und lächelte sie an. Sie blickte in sein Gesicht. Sein welliges, langes Haar umrahmte seine attraktiven Gesichtszüge.

Seine blau-grauen Augen betrachteten sie mit einer Wärme, die ihr wohlige Schauer über den Rücken jagten. Seine sinnlichen Lippen zeigten ein willkommen heißendes Lächeln, als er seine Hand nach ihr ausstreckte. Sie eilte in seine Arme und flüsterte „Bill, mein geliebter Russian Bill!"

Kapitel Fünfzehn

Cheryl wachte mit furchtbaren Kopfschmerzen auf. Sie brühte sich ihren Kaffee noch stärker als gewöhnlich auf, schluckte zwei Aspirin und hoffte, dass diese rasch wirken würden. Müde schloss sie ihre blutunterlaufenen Augen und massierte ihre Schläfen. Sofort erinnerte sie sich an das Gesicht des Mannes aus ihrem Traum und ein warmes Kribbeln breitete sich in Cheryls Bauch aus.

Mein Gott, reiß dich zusammen Frau! Es ist absolut lächerlich, dass du von einem Outlaw aus dem Jahre 1881 träumst und in ihn verschossen bist. Gütiger Himmel, du musst die Zivilisation ja furchtbar vermissen! Aber unabhängig davon, wie sehr sie sich auch selbst versuchte zur Räson zu bringen, gelang es ihr trotzdem nicht, die Bilder des Traumes zu verdrängen. Trotz der Kopfschmerzen lächelte Cheryl.

Als sie Dorothea im Museum antraf, hatte sie bereits beschlossen offen mit ihr zu sprechen. Dorothea begrüßte sie freundlich, zögerte jedoch ein Gespräch zu beginnen. Bevor Cheryl jedoch mit ihr sprechen konnte, betrat der Sheriff das Museum und grüßte beide freundlich und tippte dabei an seinen Cowboyhut.

„Guten Morgen Ladies! Ich wollte Sie nur informieren, dass wir die Suche nach Lisa eingestellt haben. Es sieht tatsächlich so aus, als ob sie davongerannt ist. Und selbst wenn es nicht so ist, wird sie dennoch vorläufig als *kalter Fall* archiviert, bis neue Beweisstücke auftauchen. Das wollte ich Sie einfach wissen lassen. Aber bitte nicht vergessen, sollten Sie über irgendwas stolpern, was mit diesem Fall in Zusammenhang stehen könnte, würde ich es schätzen, wenn Sie es mich wissen lassen."

Nachdem er seine Pflicht getan und die beiden Frauen informiert hatte, ließ er sie vor dem Eingang des Courthouse Museum stehen.

„So eine Schande! Genau das Gleiche wie bei den anderen Frauen. Da finden Sie keine Beweise und prompt geben sie die Suche auf. Es ist doch immer dasselbe mit den Behörden hier!", fügte Dorothea mit einem traurigen Lächeln hinzu.

„Warum fragen wir nicht Crazy Anne? Vielleicht weiß sie etwas über den Fall." Ihre ältere Freundin drehte sich um und war überzeugt, dass Cheryl nur eine sarkastische Bemerkung machen wollte. Als sie jedoch den Gesichtsausdruck der jüngeren Frau sah, war darin kein Sarkasmus, sondern eher Sorge zu lesen. „Also glaubst du mir?"

Cheryl nickte. Erst jetzt realisierte Dorothea wie blass die Studentin unter ihrem Make Up war. „Was ist vorgefallen, dass du deine Meinung geändert hast?"

„Ich sehe sie nicht, aber ich höre die ganze Zeit Stimmen und gestern als ich an dem alten Theater vorbeiging…"

Ihre ältere Freundin schaute sie an und war schockiert. „Das Bird Cage? Es ruft dich, nicht wahr?" Cheryl nickte nur.

„Hör mir zu, meine Liebe! Wir sollten uns jetzt zuerst um das heutige Tagesgeschäft kümmern, aber wir werden uns heute Abend unterhalten. Ich werde zu dir kommen, wenn das für dich okay ist. Dann kannst du mir erzählen was genau letzte Nacht passiert ist. Vergiss nicht, das Haus war ja Crazy Annes Zuhause und vielleicht hat sie wirklich das ein oder andere über die ganzen Vorkommnisse zu berichten. Es gibt nichts, vor was du Angst haben müsstest außer vielleicht nachts. Diese Stadt lebt ein anderes Leben, wenn die Sonne erst mal untergegangen ist."

Der Tag schien sich endlos dahin zu ziehen und Cheryl war froh, als sie endlich das Museum schließen konnten. Sie hatte noch genügend Zeit sich zu duschen und ein leichtes Abendessen in dem antiken Häuschen zuzubereiten. Dorothea kam pünktlich um 19:30 Uhr zu ihr, aber Cheryl erkannte sie zuerst gar nicht.

Die Lady trug ein Kleid im viktorianischen Stil des späten 19. Jahrhunderts. Der Stoff war reichhaltig bestickt und das Gesäß wurde durch eine kunstvoll, mit großzügigen Stoffdrapierungen geformte Tournüre betont. Ein prächtiger Hut in den gleichen Farben bedeckte den größten Teil von Dorotheas Haaren. Sie trug eine große Papiertüte bei sich.

„Was um alles in der Welt…", fragte Cheryl, aber ihre Besucherin brachte sie schnell mit dem Zeigefinger an den Lippen zum Schweigen.

„Ich habe dieses viktorianische Kleid für dich gebracht. Es sollte passen. Bitte probiere es an!" Cheryl jedoch lachte. „Gehen wir an einen Maskenball oder in einen Saloon, oder was?"

Ihre Freundin war keineswegs überrascht über die Reaktion der Studentin. „Cheryl, um die alten Zeiten dieser Stadt und die Menschen, die hier wohnten, besser verstehen zu können, solltest du dich wie eine von ihnen fühlen. Das Kommunizieren mit der Vergangenheit wird so um ein Vielfaches einfacher. Dieses Kleid zu tragen könnte dabei behilflich sein."

„Du erlaubst dir einen Scherz mit mir, oder?"

„Versuch es doch einfach einmal. Du hast doch nichts zu verlieren." Dorothea zog ein wunderschönes, schimmerndes Kleid in einem kräftigen Grün aus der braunen

Papiertüte. Cheryl wollte ihre Freundin nicht schon wieder vor den Kopf stoßen und erklärte sich schließlich damit einverstanden. Sie nahm das Kleid entgegen und ging in das Schlafzimmer, um sich umzuziehen.

Zu ihrer Überraschung passte der Rock und das mit Spitze bestickte Jäckchen wie angegossen. Als Cheryl sich umdrehte und in dem antiken Ankleidespiegel, der fast identisch mit jenem im Bird Cage Theater war, betrachtete, schnappte sie erschrocken nach Luft. Das Spiegelbild, das ihr entgegenblickte, sah nicht mehr wie sie selbst aus. Sie schaute in das Gesicht einer Fremden.

Als sie auf die Tür zuging, bauschte sich das seidige Material des Rockes ein wenig auf. Das Kleid fühlte sich überraschend komfortabel an und das Rascheln des Materials erschien auf seltsame Art vertraut.

Sie schritt in das Wohnzimmer, wo Dorothea mit ernstem Gesichtsausdruck auf dem antiken Sofa sitzend auf sie wartete. „Oh mein Gott, schau dich nur an! Wie wunderschön, Cheryl! Dieses Outfit ist wie für dich gemacht, die Farbe, der Schnitt, einfach alles. Gütiger Himmel, du siehst aus, als ob du direkt aus dem Jahr 1881 in dieses Wohnzimmer gekommen wärst!"

Es fühlte sich für Cheryl seltsam an, in den Kleidern einer anderen Frau am Tisch zu sitzen und zu essen, aber zu ihrer Verwunderung stellte sie fest, dass sie sich tatsächlich anfing in dem Kleid wie eine andere Person zu fühlen. Selbst ihre Ausdruckweise schien sich zu verändern, denn plötzlich vermied Cheryl moderne Slang Wörter. Sie war sich dessen jedoch nicht bewusst.

Zum ersten Mal seit vielen Monaten konnte sie sich nicht einmal mehr daran erinnern, wo sie ihr Mobiltelefon hingelegt hatte. Es spielte schlichtweg keine Rolle. Es fühlte sich an, als ob sie in einer anderen Zeit war.

Nachdem sie die Teller abgeräumt und eine Kanne frisch aufgebrühten Kaffee auf den Tisch gestellt hatte, schlug ihr Dorothea vor, die beiden antiken Petroleumlampen zu entzünden.

„Ist es denn nicht gefährlich diese in einem alten Haus zu benutzen?", wunderte sich Cheryl. „Nein, die funktionieren bestens. Ich habe sie schon öfters benutzt und um ehrlich zu sein, mag Crazy Anne modernes, elektrisches Licht überhaupt nicht."

Cheryl wagte nicht diese Bemerkung zu hinterfragen und folgte Dorotheas Anweisung. So wurde es im Wohnzimmer zwar dunkler, aber das Licht der flackernden Flammen strahlte eine besondere Wärme aus. Es dauerte nicht lange und beide Dochte brannten gleichmäßig und Dorothea regulierte sie ein klein wenig mit Hilfe der Messingrädchen an den Lampen.

„Was immer nun auch geschieht, versuch einfach offen für alles zu bleiben."

Dorothea schaute sich im Zimmer um und schwieg für ein paar Minuten. Als sie schließlich anfing zu sprechen, fuhr Cheryl erschrocken zusammen.

„Crazy Anne, ich bin sicher du hast meine Freundin Cheryl hier in deinem hübschen Haus bemerkt. Sie liebt dein Zuhause, Anne. Cheryl hilft mir im Museum und ist in der Stadt, um die Geschichte von Tombstone zu studieren. Du könntest uns ja so viel über die Blütezeit Tombstones berichten. Aber Cheryl wird geplagt von Stimmen, die sie hört, wenn sie nachts durch die Stadt läuft und sie sieht Dinge der Vergangenheit in ihren Träumen. Kannst du uns erklären, warum ihr das alles widerfährt?"

Im Wohnzimmer blieb es still. Cheryl wusste nicht, was sie erwarten sollte. Als die Stille für mehrere Minuten anhielt, wollte sie aufstehen. *Was tue ich hier eigentlich, angezogen, als ob ich geradewegs aus einem Hollywood Requisitenraum gestolpert wäre. Versuche ich allen Ernstes mit dem Geist einer Frau die Anfangs 1900 gestorben ist, zu sprechen? Das ist doch alles lächerlich,* dachte Cheryl und schüttelte verärgert den Kopf.

Gerade als sie vom Stuhl aufstehen und das ganze Experiment abbrechen wollte, vernahm sie plötzlich das sanfte Flüstern einer Frauenstimme. Oder gaugelten Cheryls Ohren ihr was vor. Da! Da war es wieder. Lauter diesmal und klarer.

„Das Bird Cage!"

Dorothea blickte zu Cheryl rüber, die ihre Besucherin ungläubig anstarrte und fragte in das Halbdunkel des Wohnzimmers, „das Bird Cage? Was ist damit?"

„Er ruft sie! Er will, dass sie zu ihm zurückkehrt," flüsterte die Stimme.

„Wer will sie zurück? Soll Cheryl zurückkommen zu dem Theater? Warum?"

Keine Antwort. Cheryl schüttelte ihren Kopf. Gerade als beide Frauen glaubten, dass die Stimme verschwunden war, hörten sie abermals eine Frau flüstern.

„Russian Bill — er möchte, dass Mae zurückkommt. Er liebt sie noch immer und er braucht sie. Er hat all diese Jahre auf sie gewartet. Aber hüte dich, denn Hutchinson wird dich nicht gehen lassen. Der gierige Kuppler braucht Frauen für sein Bordell. Er wollte damals nicht, dass sie ging und er wird sie auch jetzt nicht gehen lassen."

„Aber Crazy Anne, was hat denn Cheryl mit all dem zu tun?", fragte Dorothea in die dunkle Ecke, von der die Stimme zu kommen schien. Aber sie erhielten keine Antwort mehr. Wer auch immer ihnen flüsternd geantwortet hatte, war verschwunden wie eine sanfte Brise im Morgengrauen.

Dorothea blickte zu Cheryl rüber, die außergewöhnlich blass erschien. *Was um alles in der Welt ist hier geschehen? Wer hat mit uns gesprochen?* Die junge Studentin war sichtlich verwirrt. Dorothea stand auf und schaltete die Deckenbeleuchtung ein.

Cheryl schloss rasch ihre Augen. Das grelle Licht blendete sie für einen Moment und fast vermisste sie das beruhigende, warme Licht der Petroleumlampen.

Das Rascheln von Dorotheas Kleid war ein tröstendes Geräusch und dennoch schlug Cheryls Herz wie wild in ihrer Brust und sie rieb sich die Arme, um die Gänsehaut zu vertreiben.

„Was bedeutet das alles? Hat sie über Mae Davenport gesprochen?" Ihre Freundin saß still da und nahm einen Schluck des Kaffees, der mittlerweile in der antiken Porzellantasse kalt geworden war.

Cheryl bot ihr an, frischen aufzubrühen, aber Dorothea schüttelte ihren Kopf und lehnte dankend ab. „Es sieht so aus, als ob du irgendeine Verbindung zu diesem historischen Gebäude oder seinen Geistern hast. Es klang so, als ob du direkt etwas mit Mae Davenport zu tun hättest."

Dorothea dachte weiter darüber nach, aber die jüngere Frau schüttelte vehement ihren Kopf.

„Ich habe diesen Namen zum ersten Mal vor ein paar Tagen gehört, als ich ihre Lizenz für Prostitution in dem Museum sah und später noch einmal in einem Buch über den ehemaligen Rotlichtdistrikt hier in Tombstone."

„Wie auch immer, es muss eine Verbindung geben."

„Wer ist dieser hat Hutchinson, über den Stimme gesprochen hat?", wollte Cheryl wissen. Der Name ängstigte sie, aber sie wusste nicht warum.

„Er war der Besitzer des Theaters. Hutchinson und seine Frau hatten ursprünglich geplant in dem Theater Unterhaltung für die ganze Familie anzubieten. Aber keine Dame der Gesellschaft von Tombstone hat jemals einen Fuß in das Gebäude gesetzt. Also haben die gefallenen Engel das Bird Cage übernommen und es zu ihrem Lieblingsrevier für ihr Gewerbe erklärt. Hutchinson hat natürlich ganz schnell verstanden, dass mehr Männer die Räumlichkeiten besuchen würden, wenn er dieser Art Frauen im Bird Cage Zutritt gestatten würde. Er wusste genau, dass dies auch die Bereitschaft der männlichen Gäste, Geld auszugeben erheblich steigern würde.

Und das spielte natürlich geradewegs in seine eigenen Taschen. Er behielt fünfzig Prozent der Einnahmen der Prostituierten. Das war der Grund, warum er und seine Frau das Theater nur vier Wochen nach Eröffnung in eine Kombination von Saloon, Bordell und Spielhölle umwandelten."

„Es gibt Briefe und Dokumente, die belegen, dass er immer gieriger wurde und anfing die Frauen der Nacht, die für ihn arbeiteten, schlecht zu behandeln.

Selten ließ er es zu, dass ein erfolgreicher gefallener Engel sein Theater wieder verlassen durfte. Das traurige daran ist, dass viele dieser Mädchen an Krankheiten, Alkoholismus oder sogar Selbstmord gestorben sind. Aber einige von ihnen hatten auch Glück und fanden einen anständigen Mann, der sie heiratete. Das hat Hutchinson mit Sicherheit nicht gepasst, denn für ihn hieß das jedes Mal, dass er ein gutes Pferdchen in seinem Stall verlieren würde, um es einmal so auszudrücken.

Ich könnte mir vorstellen, dass er wie ein gefährlicher, kontrollsüchtiger Zuhälter agierte. Schließlich war im Gewerbe der Prostitution sehr viel Geld zu verdienen."

Cheryl schwieg. Irgendetwas an der Geschichte klang vertraut, aber sie wusste nicht was. Die Gedanken, die immer wieder versuchten an die Oberfläche ihres Bewusstseins zu gelangen, schienen wie gefangen in dichtem Nebel. Das Gefühl mehr darüber zu wissen verschwand wieder so rasch, wie es gekommen war.

„Nun, es ist schon spät für eine alte Frau wie mich." Dorothea unterdrückte ein Gähnen. Cheryl bat sie, einen Moment zu warten, damit sie ihr das Kleid zurückgeben könnte aber ihre Freundin schüttelte den Kopf.

„Ich passe nicht mehr in dieses Kleid. Behalte es einfach als Souvenir, das dich an deine Zeit hier in Tombstone erinnern soll, wenn du uns wieder verlässt und nach Kalifornien zurück gehst." Cheryl berührte zärtlich den Rock. „Das ist ein teures Kleid. Wie kann ich so ein Geschenk akzeptieren?"

„Die Farbe und der Schnitt passen viel besser zu dir, als es mir je gestanden hat. Behalte es bitte!" Cheryl umarmte die ältere Frau und war zutiefst über deren Großzügigkeit gerührt.

Sie winkte ihr zum Abschied und blickte dem Auto von Dorothea hinterher, als es langsam am Courthouse Museum um die Ecke bog. Sie blieb noch einen Moment länger auf der Veranda stehen und schaute in die Dunkelheit hinaus. Sie war tief in Gedanken versunken, als eine männliche Stimme sie plötzlich zusammenfahren ließ. „Du siehst wunderschön aus heute Nacht, Mae. Ich habe diese Farbe immer an dir geliebt. So habe ich dich in Erinnerung."

Es war die zärtliche, etwas rauchig klingende Stimme, die ihr mittlerweile so vertraut war. Ein angenehmes Kribbeln breitete sich von ihrem Magen über ihren ganzen Unterleib aus. Sie errötete sanft. Das Aroma von Kirschtabak kitzelte in ihrer Nase.

Sie sah den Schatten eines großgewachsenen Mannes, der sich gegen einen der Verandapfosten lehnte. Sein Haar fiel ihm in dichten Wellen über seine breiten Schultern, aber es bewegte sich trotz der leichten Abendbrise nicht. Seine Augen lagen im Halbschatten und waren nicht zu erkennen.

An sich müsste Cheryl zu Tode erschrocken sein. Sie aber stellte erstaunt fest, dass sie keine Angst hatte, trotz der Tatsache, dass sie die Backsteinwand des Courthouse Museums durch die attraktive Person neben ihr hindurch schimmern sah.

Sein Gesicht wirkte verschwommen und doch war er ihr bekannt und sie hätte ihn jederzeit wieder als den Mann erkannt, den sie während ihrer Vision vor der Poker Loge im Bird Cage Theater gesehen hatte.

Der seidige Rock raschelte um ihre Beine, als sie sich auf ihn zubewegte. Er hatte seine Arme weit geöffnet für sie und sie schmiegte sich an seine muskulöse Brust und endlich spürte sie ihn als Mann von Fleisch und Blut.

Das Haus, die Straße, die geparkten Autos, alles verschwand vor ihren Augen und die Szenerie änderte sich drastisch. Die Frau in dem grünen Kleid fand sich plötzlich mitten auf der staubigen Straße von Tombstones Blütejahren wieder.

KAPITEL SECHZEHN

***

Sie umarmten sich vor Crazy Annes Haus und die beiden Liebenden machten keinen Hehl daraus, wie tief sie füreinander empfanden. Crazy Anne winkte ihnen zu. Sie freute sich für Mae Davenport. Russian Bill war ein guter Mann und es sah so aus, als ob er endlich seine eigene Zukunft in den liebevollen Armen von Mae gefunden hätte.

Keiner der drei achtete auf Hutchinson, den Besitzer des Bird Cage Theaters, der gegenüber auf der anderen Straßenseite stand. Sein Gesicht war eine Maske aus purem Hass und Zorn.

Hutchinson hatte sich verändert in letzter Zeit. Er hatte bereits ein Vermögen verdient, weil er den Frauen von leichter Moral erlaubte, ihrem Gewerbe in seinen Räumlichkeiten nachzugehen. Mittlerweile zog das Theater Künstler aus dem ganzen Land an, die dort auftreten wollten. Aber der Erfolg hatte ihn zu einem gierigen Individuum gemacht.

Das Bordell hatte einen nicht enden wollenden Bedarf an `frischen' Frauen. Schließlich waren es die gefallenen Engel, die garantierten, dass die Minenarbeiter ihr hart verdientes Silber an den Spieltischen oder in den spärlich möblierten Kammern der Mädchen über der Bühne oder unten im Keller ausgeben würden.

Der Besitzer war kein Narr. Er wusste genau, dass jede ernstzunehmende Romanze zwischen einem Gast und einer der ʿ*beschmutzten Täubchen*ʾ schlussendlich zum Verlust dieses Mädchens führen konnte. Er hatte sich fest vorgenommen, die Liebesaffäre zwischen Russian Bill und Mae Davenport zu beenden.

Die Frau hatte sich zu einem richtigen Publikumsmagneten entwickelt. Gerade jetzt, wo Lizette sich in eine unberechenbare Trinkerin mit der Tendenz zu Depressionen entwickelte, war es wichtig an Mae festzuhalten. Lizettes Laudanum- und Alkoholkonsum zeigten sich mittlerweile in ihrem Gesicht und ihre Schönheit fing an darunter zu leiden. Man wusste nie was dieser verrückte Rotschopf als nächstes tun würde.

Nein, Hutchinson war nicht willens Mae an einen Prinz Charming zu verlieren. Er wollte aber auch nicht diesen William Tattenbaum aufgeben, denn der europäischen Narr war ein Stammgast, der jede Woche ein Vermögen dafür ausgab, die Pokernische für sich allein zu mieten. Wer weiß vielleicht würde es Mae sogar gelingen Russian Bill von seiner Spielsucht wegzubekommen.

Der Besitzer des verruchten Tingeltangel Lokals stapfte verdrossen über die staubige Straße zu den schäbigeren Saloons rüber, während sich eine hinterhältige Idee in seinem boshaften Bewusstsein formte.

Als er einen der Zeltsaloons betrat, hatte er sich den perfekten Plan, wie er die Liaison zwischen dem Liebespärchen zerstören konnte, zurechtgelegt. Hinter der schäbigen Segeltuchplane roch es nach abgestandenem Bier und kaltem Zigarrenqualm.

Natürlich würde er etwas von dem Einkommen, das die beiden ihm bescherten für eine kurze Zeit einbüßen, aber wenn alles nach Plan verlief würde er am Schluss der Gewinner sein. Vielleicht könnte er beide Turteltauben weiterhin an das Bird Cage binden. Alles was er tun müsste, wäre dafür zu sorgen, dass sie aufhörten sich zu lieben.

Ein primitiver Tisch an der Rückseite des Zeltes war von ein paar gemein aussehenden, unrasierten Vagabunden belegt. Sie konzentrierten sich auf ihr Pokerspiel, während sie sich eine Flasche vom billigen, mit Wasser verdünnten Whisky teilten.

Als Hutchinson zu ihnen trat, machten sie sich nicht einmal die Mühe aufzuschauen. Er zog einen Stuhl an den Tisch heran und winkte dem Mann hinter dem Holztresen zu und deutete auf eine Flasche des hochpreisigen Whiskeys.

„Ein hart arbeitender Gentleman verdient einen besseren Drink und die Gesellschaft einiger schöner Frauen, denkt ihr nicht auch?"

Genau wie er erwartet hatte, schenkten sie ihm sofort ihre Aufmerksamkeit. Alle drei Männer legten ihre Karten mit der Spielseite nach unten, starrten ihn an und warteten darauf, dass er mit der Sprache, was er von ihnen wollte, rausrückte. Es war ihm klar, dass diese drei Männer richtige Halsabschneider waren, die kaum etwas zu verlieren hatten. Der Zuhälter des Bird Cage Theaters auf der anderen Seite, hatte sehr viel zu verlieren, also musst er vorsichtig sein, wie er mit diesen Ganoven umging.

„Gentlemen, ich kann Ihnen eine unvergessliche Woche mit den schönsten Frauen ihres Gewerbes und einem großzügigen Taschengeld bieten, um feinen Whiskey und vorzügliche Zigarren genießen zu können. Alles was sie tun müssten, wäre mir zu helfen, ein kleines

Problem loszuwerden."

Einer der Wegelagerer schaute sich in der Runde um und zeigt auf seine beiden Kumpane. „Das ist Jeff und er hier ist mein Bruder Pete. Ich bin vier Finger Jack. Woher der Name kommt, muss ich dir wohl kaum erklären."

Er hielt seine linke Hand nach oben und Hutchinson sah, dass dem Mann der Ringfinger fehlte. Während er noch auf dessen Hand starrte erklärte vier Finger Jack „ich hatte die falsche Spielkarte in meiner linken Hand und man hat mir deshalb meinen Finger weggeschossen."

„Ja, aber wie kann eine Spielkarte falsch sein und warum sollte jemand dafür deinen Finger wegschießen?"

„Es war die Herzdame und unglücklicherweise lag genau diese Karte bereits auf dem Tisch. Ich hatte versucht meinem Glück mit einem zweiten Deck Karten in meiner Jackentasche ein bisschen auf die Sprünge zu helfen. Aber wie du siehst, habe ich es ja geschafft zu entkommen, dank meinem Bruder Pete."

Der Barkeeper stellte eine Flasche des besseren Cowboy Elixiers auf den Tisch. Die drei Männer zögerten nicht. Sie schenken sich großzügig ein Glas voll ein, nachdem sie die lausige Alternative, die sie sich sonst leisten konnten, einfach gegen die Zeltwand schütteten. Hutchinson weigerte sich mit ihnen zu trinken, denn er musste einen klaren Kopf behalten.

„Also gut, Bird Cage Zuhälter, dann lass mal hören was genau du von uns willst."

Der kultivierte Mann wand sich sichtlich unter dem Spitznamen und schaute verstohlen zum Barkeeper rüber, der geschäftig die Gläser auf der anderen Seite des Zeltes polierte. Nachdem er sich überzeugt hatte, dass der Mann ihrer Unterhaltung nicht folgte, sprach er mit den drei Outlaws. Seine Stimme war dabei kaum mehr als ein Flüstern.

„Naja, ich habe einen guten Freund, der unbedingt ein Outlaw sein will, aber ich mach mir Sorgen um seine Sicherheit. Es wäre vielleicht eine gute Lektion für ihn, wenn er einmal mit euch reiten könnte. Nehmen wir mal an, ihr organisiert einen kleinen Viehdiebstahl irgendwo in New Mexico. Das gäbe ihm die Möglichkeit zu erleben, wie es wirklich ist, wenn man vor dem Gesetz abtauchen muss."

Vier Finger Jack gaffte ihn unverblümt an und fragte dann gefährlich ruhig, „du schlägst also vor, dass wir gegen das Gesetz verstoßen sollen, nur um deinem Freund die Vor- und Nachteile des Banditenleben beizubringen? Du willst mir wohl einen Bären aufbinden! Warum sollten wir uns selbst in die Nesseln setzen, um einem Typ, den wir nicht einmal kennen etwas beizubringen?"

Hutchinson hatte diese Frage natürlich erwartet. „Lass es mich mal so ausdrücken, der Kerl ist ziemlich reich und ich bin sicher, dass er ein Teil von seinen Silber Münzen mit euch Jungs teilen würde, wenn er für eine gewisse Zeit zu eurer Bande gehören dürfte."

Nun hatte er ihre volle Aufmerksamkeit. Die meisten Menschen in dieser Stadt vergaßen ihre eigene Sicherheit sofort, wenn der Ruf des Silbers ihre gierigen Herzen verführte. Also entschlossen sich die drei dazu, Russian Bill zu einem kurzen Beutezug hinter die Grenzen von Arizona nach Shakespeare, New Mexico mitzunehmen. Dort wollten sie ein paar Pferde stehlen.

Als der Besitzer des Bird Cage später am Abend Russian Bill an seinem gewöhnlichen Stammplatz am Pokertisch vorfand, stellte er ihm die drei Sattelvagabunden vor. Diese lockten den gutaussehenden Spieler in das Abenteuer des Pferdediebstahls ein paar Tagesritte östlich von Tombstone.

William Tattenbaum hatte die rebellischen Cowboys, die hier in der Stadt als Verbrecher gesehen wurden, aber auch gefürchtet waren, immer bewundert. Bislang hatte ihn sein Freund Curly Bill nie ernst genug genommen, um ihn mit ihnen reiten zu lassen. Hier war nun die Chance ein echter Bandit des ungezähmten Westens zu werden. Endlich würde man ihn als gefährlichen Mann anerkennen und bewundern.

Es war seit langem sein Traum einiges von dem Respekt zurück zu gewinnen, den er ursprünglich einmal als Eliteoffizier des russischen Zaren genossen hatte.

Er wartete ungeduldig darauf, dass Mae zur Arbeit erschien und als sie im Theater ankam, berichtete er ihr aufgeregt, dass er auf einer wichtigen Mission nach Shakespeare reiten musste. Aber seiner Geliebten gefiel die Geschichte ganz und gar nicht. Es klang alles sehr suspekt und ihr missfiel, dass Russian Bill so erfreut darüber war.

Jeder Versuch ihn davon abzubringen mit den Fremden, die Mae noch nie zuvor im Bird Cage gesehen hatte, zu reiten scheiterte. Nachdem die beiden eine leidenschaftliche Nacht zusammen in seinem Haus verbracht hatten, trennten sie sich beim ersten Tageslicht, dass über die Hügel voller Silber kroch.

Mae spürte noch immer seine Berührungen und seine Lippen auf ihrer Haut, als sie in ihrem Zuhause, dass sie mit den anderen beiden Frauen teilte, ankam. Und sie fühlte noch etwas anderes. Es war Angst.

Eine Stunde später beobachtete der Besitzer des Etablissement mit dem verruchten Ruf vier Reiter, die Tombstone Richtung Osten verließen. Ein befriedigtes, teuflisches Grinsen zeichnete sich auf seinem Gesicht ab, als er den Spitzenvorhang zurückfallen ließ. Zufrieden drehte er sich vom Fenster seines Wohnzimmers weg.

Kapitel Siebzehn

Mae war traurig und unruhig an jenem Abend. Ihr Auftritt

auf der Bühne löste wie immer Begeisterung aus, aber sie ging mit keinem der Männer in eines der unteren Zimmer. Sie konnte nicht benennen, warum sie so beunruhigt war, aber das plötzliche Angebot dieser Halunken, dass Russian Bill mit ihnen reiten könne, schien verdächtig. Ihr Bauchgefühl, dass etwas nicht stimmte begleitete sie die gesamte Nacht. Wenn sie doch nur wüsste, was es war.

Am nächsten Tag sah sie Curly Bill. Er lächelte sie an und fragte ohne Umschweife, warum ihr Freund nicht am Pokertisch erschienen war.

„Hallo Mädchen, hast du den armen Bill so sehr ermüdet, dass er zum ersten Mal seit Monaten nicht einmal zu seinem Pokerspiel kommen konnte?"

Mae war sehr blass und schüttelte ihren Kopf. Sie mochte Curly Bill nicht besonders. Er war als gefährlicher Mann bekannt und hatte bereits mehr als eine hitzige Diskussion mit den Earp Brüdern gehabt, die mehr oder weniger das Gesetz in Tombstone repräsentierten. Man war gut beraten, wenn man sich nicht mit ihm anlegte, sagten die Leute.

Mae gab sich dennoch selbstbewusst und erzählte ihm schließlich von dem seltsamen Vorfall, dass eine Bande von Viehdieben ihren Liebhaber plötzlich dazu eingeladen hatten mit ihnen nach New Mexico zu reiten. Curly Bill kniff die Augen zusammen und hörte ihr schweigend zu.

Er nahm den russischen Pokerspieler nicht wirklich als Outlaw ernst, aber mochte den Kerl. Er war gebildet, man konnte sich gut mit ihm unterhalten und es macht Spaß mit ihm Karten zu spielen. Außerdem hatte er immer Geld zum Ausgeben. Tatsächlich war es so, dass Curly Bill dem jüngeren Mann vertraute und das kam äußerst selten vor.

Er gab Mae recht, dass hier irgendetwas nicht mit rechten Dingen zuging und ihm gefiel gar nicht was er hörte. Genau wie Mae hatte er das Gefühl, dass das plötzliche

Interesse der Halunken an Russian Bill sehr seltsam war.

Curly Bill war nichts über einen geplanten Pferde-diebstahl zu Ohren gekommen und wenn so etwas geplant gewesen wäre, dann wüsste er als erstes davon, denn er war schließlich der Anführer der Cowboys im ganzen Cochise County. Die Geschichte klang wie ein abgekartetes Spiel.

Mae war erleichtert, dass er sich dazu bereit erklärte Russian Bill hinterher zu reiten und dem Ganzen auf den Grund zu gehen und sie dankte ihm aufrichtig dafür.

Natürlich war der Vorschlag nicht uneigennützig, denn Curly Bill wollte wissen wer seine Autorität als Bandenan-führer in Tombstone untergrub.

Die nächsten beiden Tage kamen und gingen, aber Mae war nicht dieselbe fröhliche Person wie sonst. Hutchinson zog sie auf die Seite und machte ihr klar, dass seine Gäste auf die bestmögliche Art unterhalten werden wollten. Als sie ihm versuchte zu erklären, dass ihr nicht danach war, sich um die Männer zu kümmern, wurde Hutchinson plötz-lich unerwartet grob.

„Hör mir mal genau zu, du kleines Tanzpüppchen! Du wurdest hier engagiert, um die Männer auf jegliche Art zu unterhalten, ob dir danach ist oder nicht. Falls du dir Sorgen um deinen russischen Liebhaber machst, dann lass mich dir eines sagen; der hat dich wahrscheinlich sowieso schon längst vergessen und ist sicherlich in die nächste Minenstadt zum nächsten leichten Mädchen gezogen. Ich habe sogar gehört, wie er sagte, dass er sich anfängt mit dir zu langweilen. Hast du wirklich gedacht, dass er es ernst meint mit dir? Du verkaufst deinen Körper für Silber. Zeig mir einen Mann, der Respekt und ehrbare Absichten für so eine Frau hätte. Da draußen ist nicht ein einziger Schürfer, der es ernst mit dir meinen würde und den Rest seines Lebens mit einer Frau von solch schändlicher Moral verbringen wolle. Russian Bill kann jede Frau hier im Haus oder auf der Sixth Street haben, und glaub mir, er hat viele von ihnen bereits gehabt", fügte Hutchinson mit einem grausamen Lachen hinzu.

Seine Worte schmerzten so sehr, als ob er sie ins Gesicht geschlagen hätte. Sagte er die Wahrheit? Wusste er etwas, was sie nicht wusste? Schließlich kannte dieser Zuhälter ihren geliebten Bill sehr viel länger als sie selbst.

Mae drehte sich um und stürmte durch die Eingangstüre. Sie war wütend und am Boden zerstört. *Was wenn er mit seiner Behauptung recht hat? Es wäre schließlich möglich, oder nicht?* Fragen und Zweifel stürmten auf sie ein und quälten sie zusätzlich.

Wenn sie genauer darüber nachdachte, musste sie sich eingestehen, dass Bill sich nicht einmal die Zeit genommen hatte, sich ihre Bedenken anzuhören. Was um alles in der Welt hatte sie denn erwartet? Sie hätte es besser wissen sollen. Blind vor Tränen trat sie auf die Straße hinaus und stieß prompt mit Curly Bill zusammen.

„Halt, halt, immer langsam mit den jungen Pferden! Pass auf wo du hinrennst, kleine Tanzkönigin! Wohin willst du denn so schnell?"

„Curly Bill! Bin ich froh dich zu sehen!"

Er lachte. „Verdammt, das muss mindestens ein Jahrzehnt her sein, seit eine schöne Frau das zu mir gesagt hat."

Aber dann änderte sich sein Gesichtsausdruck schnell und er wurde sehr ernst. Er nahm die Frau am Arm und führte sie auf die andere Seite der Straße, damit die Gäste, die an der langen Bar des Bird Cage standen und tranken, ihre Konversation nicht hören konnten.

Einige Männer in der Nähe beobachteten die zwei, wie sie das Lokal verließen, aber alle taten so als ob sie ihnen keine Aufmerksamkeit schenken würden. Niemand in der Stadt wagte es, sich in Curly Bills Angelegenheiten einzumischen.

„Was ist passiert? Was ist los? Wo ist mein Bill?" Mae konnte ihre Angst fast nicht mehr unter Kontrolle halten. Sie wusste, dass etwas nicht stimmte, denn sie sah es in seinen Augen.

Curly Bill Brocius schaute in ihre Augen und räusperte sich. Er versuchte die richtigen Worte zu finden und zum ersten Mal seit sehr vielen Jahren lag ihm daran nicht herzlos zu klingen.

„Die Wegelagerer, mit denen Russian Bill geritten ist, waren dumm genug Pferde von einem Rinderbaron zu stehlen, der eine große Anzahl Männer auf seiner Ranch beschäftigt. Er konnte innerhalb von Minuten ein Aufgebot hinter den Halunken herschicken. Vier Finger Jack hat einen der Verfolger erschossen. In ihrem Zorn haben die Männer des Aufgebots die vier bis an die Grenze zum Territorium von Arizona gejagt. Es gelang ihnen Pete, Jeff und Russian Bill gefangen zunehmen. Vier Finger Jack ist ihnen entkommen und hat die anderen im Stich gelassen."

Mae bedeckte ihr Gesicht mit ihren Händen. Besorgt fragte sie dann, „ist er jetzt in Shakespeare im Gefängnis? Wann ist die Verhandlung?"

Aber Brocius schüttelte seinen Kopf. „Der Mann, den vier Finger Jack erschossen hat, war der Sohn des Ranchers. Er hat seine Leute aufgestachelt und der Mob wollte nichts anderes, als den Sohn ihres Bosses zu rächen. Also haben sie …"

Mae starrte Curly Bill ungläubig an und wollte den Rest gar nicht hören.

„Glaub mir, Mae, ich habe alles versucht, um dem ganzen Tumult Einhalt zu gebieten. Aber das war eine furchtbare Meute. Es war sogar ein Sheriff unter den Leuten des Aufgebots, aber sie haben sogar ihn mit einer Schrotflinte bedroht. Auch er war hilflos. Bei Gott, ich schwöre dir, die hätten sogar diesen Blechsternträger sechs Fuß unter die Erde gebracht, wenn er versucht hätte die Gefangenen zu schützen. Pete hat Hutchinson immer wieder verflucht."

„Curly Bill, wo ist mein Mann?" Mae fragte verzweifelt, während die Tränen ihre Wangen herunterliefen.

„Es tut mir so leid, meine Liebe, aber ich muss dir leider sagen, dass er tot ist. Sie haben ihn zusammen mit den anderen beiden Pferdedieben aufgehängt. Ich wünschte so sehr, ich hätte ihm helfen können, aber es wäre glatter Selbstmord gewesen. Niemand hätte jemals die Pläne dieser Lynchmeute durchkreuzen können. Der Mann hatte nicht die geringste Chance. Wenigstens hat er nicht gelitten. Das Seil hat sein Genick gebrochen wie einen trockenen Zweig als sie ihn vom Pferd gestoßen haben. Bill war sofort tot."

Mae blickte ihn ungläubig an. Sie versuchte die Worte zu begreifen, konnte aber deren Bedeutung nicht akzeptieren. Sie war sich sicher, dass William Tattenbaum aka Russian Bill jeden Moment um die Straßenecke der Allen Street reiten würde. Sie war überzeugt, dass dies eine Art schlechter Scherz sein müsste. Ihre Augen blitzten Curly Bill Brocius wütend an, aber in diesem Moment drangen seine Worte wie schmerzhafte Dolche durch ihr Bewusstsein und brachen ihr Herz.

Er war verloren. Der Mann, den sie so sehr liebte und mit dem sie den Rest ihres Lebens hatte verbringen wollen würde nie mehr zu ihr zurückkehren. Doch plötzlich stutzte sie über eine Bemerkung, die Curly Bill zuvor gemacht hatte.

„Was hast du damit gemeint, als du sagtest Pete hätte

Hutchinson immer wieder verflucht? Warum? Was hat denn dieser Kuppler mit all dem zu tun?"

Der berühmte Revolverheld blickte zum Bird Cage Theater rüber. Sein Gesicht veränderte sich zu einer Maske kontrollierter Wut und seine Augen glitzerten gefährlich und voller Hass.

„Offensichtlich hat er die drei Vagabunden dazu benutzt, Russian Bill für ein paar Tage aus der Stadt zu locken."

„Was? Warum, um alles in der Welt sollte er das tun? Er verdient jede Menge Geld durch Bill, weil er ihm jede Nacht zwanzig Silber Dollar und noch mehr für die Loge neben der Bühne bezahlt." Sie blickte verwirrt in Curly Bills Gesicht und verstand nicht, auf was dieser hinauswollte.

„Du verstehst es nicht, oder? Diese Ratte verliert sehr viel mehr Geld, wenn sein Poker spielender Stammgast eines seiner Täubchen dazu verführt, in das Nest der Ehe zu fliegen. Das hätte wohl zur Folge, dass du dein Gewerbe aufgeben und nicht mehr in dem Höllenloch da drüben zur Verfügung stehen würdest. Das wäre der wahre Verlust für ihn. Du bist eines seiner besten Pferdchen im Stall. Erinnere dich doch nur einmal an die Summe, die dein Liebhaber für dich bezahlt hat."

Mae wurde rot. „Er hat es dir erzählt?" Es war ihr furchtbar peinlich, aber der stadtbekannte Outlaw nickte nur.

„Es gibt keinen Grund sich zu schämen. Wahre Liebe zu finden ist unbezahlbar, mein tanzendes Reh."

Die ehemalige Zirkuskünstlerin blickte Curly Bill ins Gesicht und endlich verstand sie was er gemeint hatte. Ihre Lippen zitterten. „Es war wegen mir, nicht wahr? Hutchinson hat wegen mir dieses schmutzige Spiel gespielt. Meine Liebe für Bill hat ihn also umgebracht. Ist es das, was du mir versuchst zu sagen?"

Ihre Stimme war immer lauter geworden und sie wurde

hysterisch. Normalerweise ließen Curly Bill weinende Frauen kalt, aber diesmal ging er nicht einfach davon. Er umarmte die Frau und in diesem Moment verstand er, wie nahe sein Freund und die Bird Cage Tänzerin Mae Davenport sich wirklich gestanden hatten. Es war also wirklich Liebe gewesen.

Für einen kurzen Moment beneidete der Mann, der die schluchzende Frau festhielt, seinen toten Freund. Natürlich würde er das niemals zugeben. Schließlich war er Curly Bill Brocius, der Anführer der berüchtigten Cowboys und gefürchtet von vielen.

„Mae, es gibt da noch etwas was ich dir sagen muss." Sie schaute ihm ihn die Augen und in ihrem Gesicht spiegelte sich all der Schmerz, den sie empfand.

„Als Russian Bill mich zwischen den Männern entdeckte, rief er mich näher zu sich heran. Er bat mich darum dich wissen zu lassen, dass er zu dir zurückkommen würde."

Sie schüttelte fassungslos den Kopf. „Er ist tot, um Himmels Willen! Wieso sollte er so etwas sagen, wenn er doch bereits eine Henkersschlinge um den Hals hatte?"

„Ich weiß es nicht Mae, ich weiß es wirklich nicht!" Er versuchte sie zu beruhigen und fühlte sich schlecht, denn er hatte es nicht geschafft seinem Freund das Leben zu retten. Welche Ironie des Schicksals, dass ausgerechnet er den Tod eines richtigen Outlaws gestorben war, obwohl ihn nie jemand als ein solchen gesehen hatte.

Plötzlich riss sie sich von ihm los und stapfte entschlossen über die Straße zurück zum Eingang des Theaters. Sie stand im Türrahmen und schrie Hutchinsons Name wieder und wieder.

Curly Bill fragte sich, was sie nun vorhatte und ging einen Schritt auf das Gebäude zu, um ihr zu folgen. Plötzlich bemerkte er, dass sein großes Messer an seinem

Gürtel fehlte.

„Verdammt! Dieses verrückte Weib muss mir mein Bowiemesser gestohlen haben!" Curly Bill überquerte die Straße so rasch wie möglich, musste aber zurückspringen, da die Postkutsche in diesem Moment die Allen Street entlangdonnerte.

Als der Weg zu dem verruchten Etablissement frei war, rannte er schnell zum Eingang, denn er hatte Angst, dass sie den Schurken mit seinem Messer verletzen könnte. Es war aber nicht Hutchinson um dessen Sicherheit er fürchtete, sondern eher die Tatsache, dass sie sein Messer benutzen könnte. Er hatte in letzter Zeit genug Ärger mit diesen Gesetzeshunden gehabt und brauchte nicht noch mehr Schwierigkeiten.

„Du hast mir alles genommen, Hutchinson! Du gieriger Bastard! Er war ein guter Freund von dir, er hat dir ein Vermögen gezahlt, und du? Ist das deine Art, wie du es deinen Freunden und Stammgästen dankst? Du hast ihn mit diesen lausigen Viehdieben zusammengebracht und meinen Bill in eine tödliche Falle gelockt!" Mae war wütender als ein ganzes Nest Hornissen und sie stand mit erhobener Faust vor dem Mann.

Der Besitzer des Tingeltangel Lokals fühlte sich sichtlich unwohl in seiner Haut. Seine kleinen, rattenähnlichen Augen blickten suchend von einer Seite zur anderen. Diese ganze Geschichte war außer Kontrolle geraten. Er hatte doch nie gewollt, dass sein am besten zahlender Gast von einem Mob gelyncht wird. Schließlich hat dieser liebeskranke Narr jede Nacht ein kleines Vermögen für seinen Pokertisch hingeblättert. Was für ein Verlust!

Und jetzt stand er da mit einer hysterischen Prostituierten, die ihn anschrie und mit einem beängstigend großen Messer in ihrer rechten Hand herumfuchtelte. Zu allem

Unglück kam noch dazu, dass sich einige Gäste bereits fragten, was der Krawall zu bedeuten hatte.

Sollte jemals die Wahrheit über sein kleines schmutziges Spiel, das zum Tod von William Tattenbaum geführt hatte, seinen Gästen und den Leuten in der Stadt bekannt werden, würde er mit Sicherheit jede Menge Besucher und Freunde verlieren. Das wäre nicht nur gefährlich für seinen Ruf und sein Geschäft, sondern würde auch sein Leben in Gefahr bringen. Schließlich war Russian Bill beliebt in der Stadt und einige seiner Freunde könnten auf die Idee kommen, sich rächen zu wollen.

Er versuchte die aufgebrachte Frau zu beruhigen und hob beschwichtigend die Hände. „Mae, glaub mir, ich habe nichts mit all dem zu tun!"

„Du verfluchter Lügner! Du bist nichts weiter als ein Schmarotzer, der die Frauen ausnutzt. Es gibt einen Zeugen, der dabei war als sie meinen Bill aufgeknüpft haben. Ich verfluche dich, William Hutchinson, verdammt sollst du sein! Du bist verantwortlich für den Tod von Bill! Ich habe alles verloren und vielleicht geh ich zur Hölle, aber ich werde dich mit mir nehmen. Du sollst dazu verdammt sein in deinem gottverlassenen Bordell für die Ewigkeit gefangen zu bleiben! Niemals sollst du frei sein, hörst du mich? Niemals! Möge Satan selbst dich gefangen halten in diesem verfluchten Gebäude und möge deine Seele niemals Frieden finden!"

Mae riss das Messer weit über ihren Kopf nach oben und die scharfe Klinge reflektierte das Licht der Petroleumlampen. Sie packte Hutchinsons Kragen mit einem unmenschlichen Schrei, der den Männern, die gebannt auf die Szene starrten, eiskalte Schauer über ihre Rücken jagte. Mae hieb mit dem Messer nach unten. Curly Bill versuchte noch sie aufzuhalten, aber er erreichte die Frau, die rasend vor Wut war, nicht mehr rechtzeitig.

Das widerliche Geräusch von Metall, das durch Stoff und Fleisch schnitt, schien unnatürlich laut. Die Männer, die Zeugen der schauerlichen Szene waren, standen fassungslos und für einige Sekunden wie gelähmt daneben. Alles was sie sahen war Hutchinson, der am Boden lag und die zierliche Mae Davenport unter seinem fettleibigen Körper.

Nach einigen Momenten gespenstischer Ruhe reagierte die Menge aber und schob den übergewichtigen Mann vom schlanken Körper der schönen Tänzerin. Alle erwarteten, dass der Besitzer des Theaters schwer verletzt sein müsse, aber dann stellten die Leute mit Entsetzen fest, dass Mae auf dem Holzboden liegen blieb und das Messer tief in ihrem Unterleib steckte. Ihre rechte Hand hielt noch immer den Perlmutt besetzten Griff.

Ein dunkler Fleck hatte sich auf ihrem schönen Kleid ausgebreitet und sie blinzelte unter Tränen. Der eisenartige Geruch des frischen Blutes kämpfte gegen den Gestank des Zigarrenrauchs an. Die Männer standen erschüttert neben der sterbenden Frau.

Mae hob eine blutverschmierte Hand und berührte sanft Hutchinsons Gesicht. Ihre geflüsterten Worte waren nur für ihn bestimmt, aber Curly Bill, der neben ihr kniete vernahm sie ebenfalls.

„Ich verdamme dich, William Hutchinson. Möge dich deine Gier als ewiger Gefangener hier in deinem Theater festhalten!" Sie beschmierte sein Gesicht mit ihrem eigenen Blut. Er krabbelte verzweifelt von ihr weg, sein Gesicht eine Maske nackter Angst. Ein entsetztes Raunen breitete sich im Raum aus und einige der Anwesenden bekreuzigten sich. Der Mann war soeben von einer Frau, welche die tödlichste aller Sünden beging, verflucht worden.

Mae hatte den Tod gewählt, denn sie war nicht willens

ihr Leben ohne Russian Bills Liebe weiterzuführen. Maes Augen suchten die von Curly Bill.

„Er wird zurückkommen, richtig? Er hat es versprochen!", flüsterte sie.

Der Revolverheld kniete neben ihr und nickte langsam mit seinem Kopf. Die Schönheit, die vor ihm im Sterben lag, tat ihm aufrichtig leid. Er sinnierte darüber nach, wie tief ihre Gefühle für seinen russischen Freund gewesen sein mussten.

Es gelang ihr, ihm ein kleines, schüchternes Lächeln zu schenken. Dann plötzlich blickten ihre Augen leblos zur Decke, ohne die unzähligen Einschusslöcher noch einmal zu sehen. Ihr hübscher Kopf rollte sanft zur Seite. Der Holzboden unter ihr nahm ihr Blut auf, dass einen dunklen Flecken hinterließ.

Mae Davenport würde nie wieder im Bird Cage Theater tanzen. Sie hatte das Etablissement für immer verlassen. Ihr Fluch aber sollte für immer innerhalb der berühmten Wände verbleiben.

KAPITEL ACHTZEHN

* * *

Cheryl öffnete ihre Augen und saß im Schaukelstuhl auf der Veranda. Sie konnte sich nicht daran erinnern eingeschlafen zu sein und wusste auch nicht, wie lange sie schon hier draußen saß. Es war dunkel und ihr war kalt. Sie trug noch immer das grüne Kleid, das Dorothea ihr geschenkt hatte und fühlte sich deprimiert, gerade so als ob sie einen großen Verlust erlebt hätte. Cheryl stand auf und ging ins Haus.

Dieses Mal erinnerte sie sich an jedes Detail ihres Traumes und sie empfand eine Trauer wie noch nie zuvor in ihrem Leben. Als Cheryl am nächsten Tag zur Arbeit erschien, war Dorothea schockiert wie blass und müde die Studentin aussah. Dunkle Schatten lagen unter deren Augen.

„Mädchen, was ist denn los mit dir? Haben dich die Vorkommnisse gestern Abend so sehr geängstigt? Du siehst aus, als ob du einen Geist gesehen hättest."

Die jüngere Frau zuckte nur mit den Schultern und sagte, „nun, ich würde mal sagen, dass trifft den Nagel auf den Kopf, oder um es genauer zu sagen, Russian Bill hat mich besucht. Er ist tatsächlich derjenige, dessen Stimme ich andauernd um mich herum höre und dessen

Kirsch aromatisierte Zigarren mich durch die halbe Stadt verfolgen. Um ehrlich zu sein bin ich mittlerweile sicher, dass ich meinen Verstand verliere."

Dorothea goss ihrer Freundin eine Tasse frischen, starken Kaffee ein.

Es war ein gewöhnlicher Wochentag und im Museum war nicht viel los. „Was genau ist passiert und was meinst du damit - du hättest ihn gesehen?"

Cheryl setzte sich hin, unterdrückte ein Gähnen und erzählte Dorothea alles, inklusive ihrem furchtbaren Traum. Als sie fertig war klopfte ihr Herz so laut in ihrer Brust, dass sie sicher war, dass ihre mütterliche Freundin es wohl hören müsste.

Die Managerin des Museums schwieg einen Moment und war sehr überrascht, wie schnell sich die Ereignisse seit ihrem gemeinsamen Abend überschlugen. Die Geschichte von Mae Davenport, die demnach Selbstmord vor der Bar des Bird Cage Theaters verübt hatte, erschütterte sie dabei zutiefst.

Dorothea wusste bereits, dass einige Männer in dem Gebäude während dessen Blütezeit ums Leben gekommen waren. Meist ging es dabei um Streitereien beim Poker oder auch um hitzige Argumente zwischen Minenarbeitern und Sattelvagabunden, die sich um ein leichtes Mädchen stritten. Es war also nicht überraschend, dass viele Menschen davon ausgingen, dass es in dem Gebäude spukte.

Aber dieses Unglück war anders als alle anderen Vorkommnisse, da Mister Hutchinson dabei verflucht worden war. Konnte es sein, dass Maes Fluch der Grund dafür war, dass seine ruhelose Seele noch immer Frauen suchte, die für ihn als gefallene Engel in den Nächten arbeiten sollten? Konnte es sein, dass das historische Theater nach wie vor als verruchtes Tingeltangel Lokal weiter existierte, obwohl es vor Jahrzehnten in ein Museum umgewandelt worden war?

Was immer auch hinter jenen Wänden damals passiert war, eines war sicher, die Ereignisse der letzten Wochen hatten Cheryl sehr verändert und Dorothea fing an sich große Sorgen um die Sicherheit ihrer Freundin zu machen. Dies alles ging weit darüber hinaus was sie oder ihr Ehemann bislang in Tombstone an paranormale Ereignissen erlebt hatten.

Am Abend, als die kalifornische Studentin wieder zurück in ihrem Gästehaus war, bereitete sie sich ein Sandwich zu, obwohl sie gar keinen Hunger hatte. Sie konnte nicht einmal erklären, was mit ihr los war, aber seit jenem furchtbaren Traum die Nacht zuvor spürte sie eine tiefe Trauer in sich. Dazu kam die Sehnsucht nach einem Mann, dessen Schatten sie auf der Veranda zum ersten Mal richtig gesehen hatte.

Cheryl hinterfragte längst nicht mehr, was in dieser seltsamen kleinen Westernstadt geschah. Alles was sie mittlerweile wusste war, dass sie plötzlich das Gefühl hatte, hierher zu gehören und ihr Leben in Kalifornien wohl nie mehr dasselbe sein würde, wenn sie dorthin zurückkehrte.

Cheryl nahm eine heiße Dusche, zog ihr Lieblingssweatshirt an und rollte sich auf dem Sofa zusammen. Sie schaltete durch die verschiedenen TV Sender, aber ihre Gedanken kehrten immer wieder zu dem unglücklichen Ende der tragischen Liebesgeschichte zurück. Sie schaltete den Fernseher aus.

All die Filme und Unterhaltungsshows erschienen ihr zu laut und zu aufdringlich. Sie zündete sich die Petroleumlampen an und schaltete das grelle Licht in der Küche und im Wohnzimmer aus.

Na also, das ist doch schon bedeutend angenehmer,

dachte sie. Sie griff nach dem zweiten Buch, das sie vor einigen Tagen gekauft hatte, aber nichts lenkte sie lange genug von den Gedanken an die maskuline Figur und attraktiven Gesichtszügen von Russian Bill ab. Sie ertappte sich so sogar dabei, wie sie versuchte sich den Klang seiner angenehmen Stimme vorzustellen.

Oh mein Gott! Ich frage mich sogar, wie es wohl wäre mit ihm ins Bett zu gehen. Das glaub ich alles nicht! Ich, die nicht mal an Geister glaube, stelle mir vor, wie es sein würde mit diesem Spieler aus dem Jahre 1881 zusammen zu sein. Wie lächerlich und verrückt ist das denn?

„Mae, warum zweifelst du an dem, was du mit deinen eigenen Augen siehst? Warum akzeptierst du nicht, was du mit deinen eigenen Ohren hörst?"

Woher um alles in der Welt kommt diese Stimme? Erschrocken blickte sich Cheryl um.

„Mein Liebling, glaubst du allen Ernstes, dass mich die Wände des Hauses aufhalten könnten, wenn ich ohne Schwierigkeiten die Distanz von hundertvierzig Jahren überbrücken kann?"

Cheryl schloss ihre Augen für einen Moment. „Bill, bist du das?", fragte sie zaghaft in den leeren Raum.

Die Antwort kam sofort in Form einer kühlen Brise, die sanft über ihre Wange strich. Es fühlte sich an wie die Berührung einer Feder. Dann sah sie den Schatten, der plötzlich neben ihr saß. Sie wollte ihn berühren, aber er hob die Hand, um sie zu stoppen.

„Mae, ich bin in der dunklen Welt der Schatten.

Du bist hier im heutigen Tombstone aus Fleisch und Blut, so warm und so lebendig. Wir können nicht zusammen sein, bis zu dem Tag, an dem du auf unserer Seite der Welt kommst."

„Was meinst du damit? Erkläre es mir bitte!" Aber

er löste sich bereits auf wie der Nebel am Morgen. Sie versuchte ihn zurückzuhalten und schluchzte, „bitte Bill, komm zurück! Erklär mir was du meinst!" Aber er war verschwunden.

Cheryl blieb allein und verwirrt zurück in dem kleinen Haus, das einst Crazy Anne gehört hatte.

Die nächsten Tage gingen vorüber, ohne dass etwas außergewöhnliches passierte. Sie fand sich in der gewohnten Routine der Museumsarbeit wieder und traf sich mit verschiedenen Leuten.

Mittlerweile wurde Cheryl als Mitglied der lokalen Bevölkerung gesehen, obwohl jeder wusste, dass sie im kommenden Oktober nach Kalifornien zurückkehren würde.

Cheryls Meinung über Tombstone hatte sich sehr geändert im Vergleich zu den ersten Tagen, die sie in der Stadt verbracht hatte. Okay, sie musste zugeben, es gab schon ein paar komische Gestalten, die hier wohnten.

Oftmals schien es, als ob einige von jenen Leuten, die täglich die historischen Gegebenheiten nachstellten, in ihren Rollen gefangen waren. Zahllose Bewohner der Stadt wirkten auf Cheryl, als ob sie ihre wahre Identität aufgegeben hätten oder vielleicht sogar nie eine eigene gehabt hatten. Ihr waren auch die zahlreichen Alkoholiker und sogar Crystal Meth Abhängige aufgefallen und sie taten ihr aufrichtig leid. Ohne sich dessen bewusst zu sein, hatte eine gewisse Akzeptanz für die dunkle Seite von Tombstone in Cheryls Herz Platz gefunden.

An ihrem freien Tag schlenderte sie die Allen Street hoch und runter, versuchte aber das unheimliche, historische Bordell zu meiden. Warum wusste sie selbst nicht, aber die knurrende, boshafte Stimme des Mannes, der sie zur Arbeit gerufen hatte, machte ihr immer noch Angst, wenn sie daran dachte.

Sie stand auf dem Gehweg vor einem Ladengeschäft neben dem gespenstischen Gebäude. Der Shop war ihr schon einige Male aufgefallen. Als sie am Eingang vorbei ging, rief jemand ihren Namen.

„Cheryl, würdest du eine Sekunde warten?"

Sie hielt überrascht inne, denn die Frau, die von der Rückseite des Ladenlokals auf sie zukam, kannte offensichtlich ihren Namen. Aber dies war schließlich Tombstone, eine Kleinstadtkommune, wo jeder jeden kannte.

„Hey du, tut mir leid, dass ich dir so unkonventionell hinterhergerufen habe. Ich bin Nora." Die Frau mit den grauen Strähnen in ihren dunklen Haaren schüttelte ihr die Hand.

„Cheryl. Freut mich dich kennenzulernen. Was kann ich für dich tun?"

„Hast du einen Moment Zeit mich in mein Geschäft zu begleiten? Ich werde es dir genauer erklären", sagte Nora und deutete dabei in das Ladeninnere.

Sie folgte der Frau. Im hinteren Teil des Ladens war eine kleine Theke und ein Tisch mit drei Stühlen untergebracht. Nora offerierte ihrer Besucherin eine Tasse Kaffee. In dem Laden fand man neben Erfrischungen auch die ortstypischen Souvenirs. Seltsamerweise war aber die hintere Hälfte des Geschäfts gefüllt mit Vitrinen voller Salbei, anderem Räucherwerk, Pendel, Tarotkarten und einem T-Shirt Ständer.

Was für eine seltsame Mischung, dachte Cheryl.

Sie bemerkte eine Tür, die auf der linken Seite aus dem Verkaufslokal in ein anderes Zimmer führte und fragte sich was wohl dahinter lag. *Wahrscheinlich ist dort die Personaltoilette,* überlegte sie.

„Falsch! Es ist der Eingang in den anderen Teil des

Gebäudes, in dem früher das Bestattungsinstitut und der Totengräber untergebracht waren", sagte Nora und reichte Cheryl dabei den Styroporbecher mit dampfendem Kaffee. „Bediene dich mit Zucker und Kaffeesahne, wenn du welche brauchst."

Cheryl blickte die andere Frau verwirrt an. *Wie um alles in der Welt hat Nora gewusst, dass ich dachte hinter dieser Türe wäre die Toilette?*

Nora deutete auf die Holztüre. „Die meisten Leute, die hierherkommen möchten etwas über paranormale Aktivitäten erfahren. Dieses Gebäude ist sehr aktiv, sogar während der Tageszeit. Der Laden ist nur ein kleines Zusatzgeschäft."

Ach du Schande, dachte Cheryl. *Das ist ja gerade das, was ich noch brauche; ein Shoppingtrip in einem ehemaligen Totengräberhaus, in dem es spukt.*

Cheryl wollte aber nicht unfreundlich erscheinen und so nippte sie an ihrem Kaffee und wartete darauf, dass Nora ihr erklären würde, warum sie die Studentin in den Laden gerufen hatte.

„Wie ich bereits sagte, war dieses Gebäude in den Anfangszeiten von Tombstone ein Bestattungsinstitut in dem bis zu drei Totengräber Vollzeit arbeiteten. Hier kamen fast täglich Menschen ums Lebens und sie hatten reichlich zu tun. Stell dir vor, im großen San Francisco hatte man zur gleichen Zeit nur einen Totengräber. Ursprünglich stand ein weiteres Gebäude zwischen uns und dem Bird Cage Theater, aber das existiert schon lange nicht mehr.

Unser Gebäude ist ein sogenannter paranormaler Hotspot. Deshalb bieten wir täglich sogenannte Geistertouren an." Die Besitzerin das Geschäftes bemerkte Cheryls zweifelnden Gesichtsausdruck und deutete auf die Holztür.

„Komm mit mir mit und du wirst verstehen was ich

meine." Sie setzte ihren Kaffeebecher auf die kleine Theke und ging dann auf die cremefarbene Holztüre zu.

Dahinter lag ein kleiner, schlichter Raum, der mit einer rustikalen, handgezimmerten Bar ausgestattet war. Er war durch einen offenen Durchgang mit einem größeren Saal mit hoher Decke, der wie ein kompaktes kleines Theater wirkte, verbunden.

Cheryl schritt über den Holzboden, der unter ihren Schuhen knarrte und betrachtete die Bilder an den Wänden. Sie bemerkte einen großen, dicken Samtvorhang, der zugezogen war, um das Tageslicht auszusperren. Die Atmosphäre in dem Raum war frostig und die Studentin fühlte sich, als ob sie jemand beobachten würde. *Das ist natürlich Unsinn*, versuchte sie sich selbst zu beruhigen. Nora beobachtete sie.

„Letzte Nacht haben wir eine sogenannte Mitternachtssitzung abgehalten. Während der paranormalen Tour wurde immer wieder dein Name von einem Geist namens Crazy Anne erwähnt. Sie war eines der Mädchen, die im Bird Cage arbeitete, aber deinem Gesichtsausdruck nach zu schließen vermute ich mal, du weißt bereits wer Crazy Anne ist, nicht wahr?"

Cheryl schluckte, aber brachte keinen Ton heraus und so nickte sie nur. „Setz dich bitte hin!"

Da Cheryl heute ihren freien Tag hatte und sich mit niemandem treffen wollte, hatte sie es nicht eilig und setzte sich auf einen der Stühle, die um einen simplen Holztisch gruppiert waren. Der Raum um sie herum erschien düster *Wahrscheinlich wäre helles, sonniges Tageslicht fehl am Platz im Hause des Totengräbers*, vermutete Cheryl. Nora musterte ihren Gast mit ihren großen grauen Augen und ihr Gesicht hatte einen besorgten Ausdruck angenommen.

„Ich vermute mal dir ist nicht viel bekannt über paranormale Aktivitäten, richtig?"

„Jesus, wenn ich ehrlich bin, weiß ich noch nicht einmal, ob ich die Dinge glauben kann, die ich in letzter Zeit mit eigenen Augen sehe!", regte sich Cheryl auf. Sie hob dabei ihre Hände in einer Geste der Hilflosigkeit.

„Ich verstehe! Lass es mich dir versuchen zu erklären", sagte die freundliche Frau.

„Die meisten Menschen denken in den Zeiten Vergangenheit, Gegenwart und Zukunft und deren Zusammenhänge, was eigentlich auch korrekt ist. Aber was die meisten Menschen nicht wissen ist, dass die Vergangenheit und die Gegenwart tatsächlich parallel zueinander auf verschiedenen Ebenen existieren."

„Aber wie soll das möglich sein?", fragte Cheryl.

Nora nahm zwei Fotonegative, die auf dem Tisch vor ihr lagen und zeigte sie Cheryl.

„Wir denken zu eindimensional. Aber die Welt und das Leben sind multidimensional. Was ich damit meine ist, dass die Vergangenheit nicht unbedingt enden muss, nur weil die Gegenwart angefangen hat. Es entspricht einer Tatsache, dass die Vergangenheit immer noch existiert. Zumindest für die Geister ist sie noch existent. Sie kontaktieren uns zwar hier im Jetzt, aber dennoch leben manche Verstorbenen immer noch in der Zeit ihres alten Lebens weiter."

„Das ist verrückt! Das ist einfach nicht möglich!"

Cheryl fühlte sich einerseits, als ob Nora ihr einen Bären aufbinden wollte, aber andererseits wusste sie, dass die Frau einen Umstand beschrieb den Cheryl in letzter Zeit selbst beobachten konnte. Als Nora weiter sprach schenkte ihr Cheryl ihre volle Aufmerksamkeit.

Es gibt Orte in dieser Welt die Hotspots für paranormale Aktivitäten sind. Wir nennen sie „Crossovers" also Übergänge oder auch Tore in die Vergangenheit. Manchmal ist es ein altes Schlachtfeld oder ein Gebiet, wo eine furchtbare Katastrophe stattgefunden hatte. Manchmal ist es zum Beispiel auch ein Gebäude. Die Leute denken immer das Friedhöfe am meisten von Geistern heimgesucht werden. Aber das ist normalerweise nicht einmal der Fall.

Es sind eher die Orte, wo die Menschen gelebt haben oder auch wo sie gestorben sind. Dorthin kehrt ihre ruhelose Seele oft zurück. Siehst du diese beiden Negative?"

Sie deutete dabei auf die Streifen der Filmrolle auf dem Tisch. „Wenn ich eines davon auf das andere lege, siehst du beide Bilder hindurch scheinen, nicht komplett und verschwommen aber dennoch von beiden Seiten sichtbar. Das ist genau das, was in solchen Hotspots passiert. So kannst du dir am besten vorstellen, was sich im Bird Cage Theater abspielt und auch hier in der ehemaligen Leichenhalle. Man könnte sagen es ist so, als ob der Spiegel der Gegenwart zu bestimmten Zeiten zu einem transparenten Schleier wird und uns einen kleinen Einblick in die Dimension der Vergangenheit gewährt.

Einige wenige Menschen mit spezieller Gabe können durch diesen Schleier hindurch blicken. Aber der Hotspot ist wie ein Tor und funktioniert bis zu einem gewissen Grad in beide Richtungen. Aus diesem Grund können einige von uns diejenigen auf der anderen Seite hören und sehen.

Crazy Anne hat mir letzte Nacht gesagt, dass Russian Bill dich zu sich ruft. Er weiß, dass du heute zwar als Cheryl aus Kalifornien bekannt bist, in deinem Körper aber die Seele einer Frau namens Mae Davenport steckt."

Cheryl schüttelte ihren Kopf. Ihr gesunder Menschenverstand hinderte sie daran das Offensichtliche zu glauben. „Weißt du was ich denke? Ich denke, dass fast jeder in dieser Stadt, der an solche Dinge glaubt, verrückt ist."

Cheryl war aufgestanden und wollte aus dem Raum

flüchten, als diese seltsame Frau sie zurückrief. Noras Stimme war ruhig und kaum lauter als ein Flüstern.

„Er wollte so gerne gestern Nacht bei dir bleiben und deine Berührung spüren, aber er durfte nicht. Er ist immer noch gefangen auf der anderen Seite des Spiegels und nur eine lebende Person kann für immer auf die andere Seite gehen. Russian Bill ist ein Gefangener in der Welt der Schatten. Aber er sagte, dass er deine Hand, die gestern nach ihm griff, gespürt hat."

„Wie kannst du über letzte Nacht Bescheid wissen?", flüsterte Cheryl. *Das ist doch nicht möglich, oder?*

Die Besitzerin des seltsamen Ladens schaute Cheryl ernst an. „Ich hoffe du weißt, was das bedeutet? Es gibt keine Möglichkeit für Russian Bill mit dir zusammen zu sein, solange du lebst. Aber ich zweifle nicht im Geringsten daran, dass du tatsächlich Mae Davenport bist."

Cheryl blickte die Frau, die langsam aufstand und zurück zur Tür des Ladengeschäftes ging, entsetzt an. Sie folgte ihr, den Styroporbecher immer noch in der Hand, aber längst vergessen. Die jüngere Besucherin war verwirrt und dankte Nora. Sie versprach ihr bald eine der Abend Touren durch das Gebäude mitzumachen.

Cheryl lief zurück zu ihrem Gästehaus und achtete dabei nicht auf die Leute, die ihr entgegenliefen oder an ihr vorbeifuhren. Plötzlich wurde ihr klar, was Nora ihr zum Schluss gesagt hatte.

„Er kann niemals mit dir zusammen sein, solange du am Leben bist. Nur die Lebenden können für immer auf die andere Seite gehen."

Wie war es nur möglich, dass Cheryl sich fühlte, als ob sie ihren Liebhaber ein zweites Mal verloren hatte und rein gar nichts dagegen tun konnte? *Wie ist es möglich, dass ich ihn mit einer solchen Sehnsucht und körperlichem*

Verlangen vermisse, wie noch nie jemand zuvor in meinem Leben? Wie war es für Mae gewesen, seinen Körper zu spüren? Wie würde es für mich sein, mit ihm zu schlafen? Wenn er doch nur am Leben wäre!

Sollte sie wirklich versuchen zu glauben, dass sie die wiedergeborene Mae Davenport war oder dass ein Liebhaber aus einer längst vergangenen Zeit als Geist versuchte sie zurück nach Hause und zu ihm zu bringen? *Verliere ich meinen Verstand hier in dieser Gott verfluchten, staubigen Westernstadt,* fragte sich die verzweifelte junge Frau.

Cheryl entschied sich dazu in den Laden, der den treffenden Namen *Paranormal Sisters* trug, zurück zu kehren und einer Geistertour in der ehemaligen Leichenhalle noch am gleichen Abend beizuwohnen.

Es entsprach eher ihrer Mentalität den Stier bei den Hörnern zu packen. Sie griff nach ihrem Telefon und rief die Nummer auf der Karte, die Nora ihr gegeben hatte, an. Sie musste einfach mehr Antworten finden.

Nora war sehr freundlich am Telefon und trug Cheryl ohne zu zögern in die letzte Gruppe um 22:00 Uhr ein. Sie versicherte Cheryl, dass sie sich sehr darüber freute, dass sie sich zu seiner *Spirit Sitzung* entschlossen hatte.

Kapitel Neunzehn

Während sie zurück zum ehemaligen Gebäude der Totengräber lief, viel ihr ein, dass sie am nächsten Tag früh raus musste aber es war ihr egal.

Um 21:30 Uhr betrat sie den Shop und wurde von einem unangenehmen Schwefelgeruch, der sie an faule Eier erinnerte, empfangen. Diesen Gestank hatte sie am Nachmittag nicht wahrgenommen und Cheryl rümpfte angewidert die Nase. Nora bemerkte es.

„Du riechst es auch, nicht wahr?"

„Ja, was um alles in der Welt riecht hier so?"

Nora schaute Richtung des anderen Gebäudebereichs. „Einige Geister sind sehr bösartig. Sie tragen diesen Gestank mit sich.

Das Haus scheint heute Abend außergewöhnlich aktiv zu sein. Die 20:00 Uhr Tour war so voller paranormaler Aktivität, dass eine Frau eine Panikattacke hatte und unseren Laden sofort verlassen hat. Ich nehme an, sie ist nebenan im Doc Holliday Saloon und versucht ihren Schock an der Bar zu kurieren. Diese Geschehnisse können manchen Leuten einen Heidenschreck einjagen."

Die beiden Frauen lachten. Zehn Minuten später liefen vier Touristen durch die Ladentüre. Sie alle hatten die gleiche Veranstaltung gebucht und plapperten voller gespannter Erwartung miteinander. Als die Gruppe vollständig war, schloss Nora die Eingangstüre ab und schaltete das Notausgangslicht an. Alle anderen Lichter wurden nach und nach ausgeschalten.

Die Gastgeberin hieß alle in der Gruppe herzlich willkommen und führte sie in den Raum, den Cheryl bereits am Nachmittag gesehen hatte.

Nora gab den Besuchern einen kurzen Überblick über die Geschichte des Gebäudes und des darin ursprünglich untergebrachten Bestattungsinstituts. Sie betonte wie gewalttätig die Leute teilweisewährend des Silberbooms gewesen waren. Dann führte sie die Gruppe in einen winzigen Raum an der Rückseite des Gebäudes, in dem die Toten damals einbalsamiert wurden. Nora gab allen einen Überblick darüber, wie das Equipment der Bestatter und eine Bestattung damals ausgesehen hatten.

Einige der Touristen schüttelten sich bei der Vorstellung. Unter einem zusammenklappbaren Holztisch stand eine tragbare Kiste. In ihr befanden sich alte, viereckige Flaschen, die noch die Original Einbalsamierungsflüssigkeit enthielten.

„Wir können uns glücklich schätzen, dass wir jede Menge Original Artefakte in diesem Gebäude gefunden haben, als wir es übernahmen."

Am Schluss der kurzen Informationstour führte Nora die Gruppe in den Hauptraum gegenüber der kleinen, rustikal zusammengezimmerten Bar und bat alle sich um den großen Tisch herum auf die Stühle zu setzen. Sie verteilte verschiedene elektronische Gerätschaften, die dazu bestimmt waren, plötzliche Temperaturschwankungen oder elektrische Statik anzuzeigen. Es waren genau die Gegenstände, die man auch während der einschlägigen Ghost Hunter TV Shows zu sehen bekam.

Sie legte eine Taschenlampe auf den Tisch vor ihnen und eine weitere auf den Klapptisch, der einst von den Totengräbern genutzt worden war. Dieser stand nur einen halben Meter entfernt von der kleinen Bar im Raum nebenan, und war durch den großen Durchgang in der angrenzenden Wand für alle sichtbar. Beide Taschenlampen brannten und warfen ihren Lichtkreis auf die jeweils gegenüberliegende Wand. Keiner der Gäste saß nahe genug, um sie zu manipulieren.

Nora schaltete ihren Laptop an und fuhr das Voice Recorder Programm nach oben. Dann sprach sie mit lauter, klarer Stimme in den dämmrigen Raum. Der Bildschirm ihres Computers warf dabei ein geisterhaftes Licht auf ihr Gesicht.

„Guten Abend Ladies und Gentleman dieses Gebäudes! Wir möchten euch als respektvolle Besucher begrüßen und hoffen, dass ihr heute mit uns kommunizieren wollt?"

Cheryl hatte ihre Zweifel, dass diese Übung überhaupt funktionierte, wie es von den Besuchern offensichtlich erwartet wurde. Sie war immer noch sehr skeptisch, wenn es um das Thema Geister und paranormale Sitzungen ging.

Doch dann erinnerte sie sich an den seltsamen Abend als sie und Dorothea versucht hatten Kontakt mit Crazy Annes Geist aufzunehmen. Diese hatte ja mit ihnen gesprochen. Während Cheryl so ihren Gedanken freien Lauf ließ, flackerte plötzlich die Taschenlampe auf dem Tisch und ging aus. *Wahrscheinlich ist die Batterie erschöpft* für heute, dachte sie.

Sie alle konnten auch den Klapptisch des Bestatters im angrenzenden Raum sehen. Zuerst konnten die Teilnehmer der Geistersitzung gar nicht glauben, was sie da sahen. Die zweite Taschenlampe rollte langsam über die Oberfläche des Holztisches vor und zurück. Ein aufgeregtes Murmeln entstand in der Gruppe. Nora sprach weiterhin mit den Geistern, von denen sie annahm, dass sie präsent waren.

Ein statisches Knistern war über die Laptop Lautsprecher zu hören. Zuerst dachte Cheryl, dass es sich wohl um eine elektrostatische Störung oder einen Wackelkontakt handeln musste. Doch plötzlich konnte man zwischen dem Knistern und Rauschen einzelne gesprochene Worte ausmachen. Sie konnte deutlich verschiedene Stimmen hören und plötzlich erkannte die Studentin eine sehr zornig klingende, männliche Stimme. Sie klang wie ein gefährliches Grollen in der Dunkelheit des Raumes und wieder und wieder fiel der Satz, „sie hat mich verflucht!"

Nora fragte diese Stimme: „Wer hat dich verflucht?"

„Es war sie! Mae!"

Cheryl flüsterte in Noras Ohr, „Hutchinson?" Die ältere Frau zuckte nur mit den Schultern. Man vernahm das Kichern einer Frau und das herzhafte Lachen eines Mannes. Dann eine weitere männliche Stimme, die Cheryl überall und jederzeit erkannt hätte.

„Mae, komm zurück zu mir!"

Cheryl schluckte ihre Angst hinunter. *Das muss die Stimme von Russian Bill sein.* Sofort spürte sie, wie ihre Wangen rot anliefen und ihr Herz etwas schneller zu schlagen begann. Nora beobachtete sie sehr aufmerksam.

Die anderen in der Gruppe fingen an Fragen zu stellen, aber es waren nur einzelne, unzusammenhängende Worte zu hören. Die meisten davon waren schwer zu verstehen und es kamen keine weiteren direkten Antworten auf die gestellten Fragen.

Nach einer weiteren halben Stunde brach Nora die Sitzung ab. Die Touristen verließen das Ladenlokal durch den Haupteingang, nachdem Nora die Lichter wieder angeschaltet und den Eingang aufgeschlossen hatte. Alle redeten aufgeregt durcheinander. Offensichtlich hatten sie das erlebt, was sie für ihr Geld erwartet hatten.

Nora deutete zu Cheryl rüber und hob die Hand, damit diese noch einen Moment bei ihr blieb, während sie selbst sich von den Gästen freundlich verabschiedete und sich für deren Teilnahme an der Spirit Tour bedankte.

Als alle anderen gegangen waren, drehte sich Nora um und zündete ein Bündel Salbei an, welches sie aus einer Metallschüssel hinter der Theke genommen hatte. Weißer Rauch stieg auf und verbreitete ein angenehmes Aroma. Nora fächerte den Rauch über Cheryls Kopf und Körper und sagte dabei eine Art Gebet auf.

Als sie den verwunderten Gesichtsausdruck der jüngeren Frau sah, erklärte sie ihr was es damit auf sich hatte. „Wir benutzen Salbei, um den Körper einer Art spirituellen Reinigung zu unterziehen. Das ist wichtig, wenn man mit Geistern kommuniziert hat."

„Warum hast du das dann nicht bei den anderen Gästen gemacht?"

„Das ist ganz einfach erklärt. Du warst das Hauptziel

all jener Seelen, die heute mit uns kommuniziert haben. Übrigens, ich glaube, dass diese zornige Stimme tatsächlich die von Hutchinson war, aber da war ein weiterer Geist, der hinter dir stand. Sofern ich es anhand des Schattens ausmachen konnte, war das ein beeindruckender Mann. Ich habe Kirschtabak Zigarren an ihm gerochen. Er war auch der Grund dafür, dass Hutchinson dich nicht weiter angreifen konnte. Du hast diese zweite Stimme erkannt, nicht wahr?"

Cheryl schaute verlegen zur Seite und ein schmerzhafter Ausdruck huschte über ihr Gesicht. „Ja", flüsterte sie. „Ich glaube, das war Russian Bill."

„Ich habe es mir fast gedacht", sagte Nora. „Nun, es ist an der Zeit zu schließen und nach Hause zu gehen. Wenn du irgendwelche Fragen hast oder zurück kommen willst für eine Unterhaltung mit mir oder mit ihnen, weißt du wo du uns alle finden kannst."

Cheryl dankte Nora und ging schließlich langsam aus dem Laden. Als sie nach rechts den Gehweg entlang schaute, blickte sie auf das Bird Cage Theater, das wie eine große, dunkle Spinne wirkte, die in ihrem Netz lauerte.

Sie war ratlos. Einerseits zog sie das Gebäude magisch an und sie spürte die glücklichen Tage der Vergangenheit, die sich darin abgespielt hatten. Andererseits aber machte ihr das Gebäude auch Angst, seit sie wusste, dass Mae durch ihre eigene Hand im vorderen Raum des Theaters ums Leben gekommen war.

Sie drehte sich rasch von dem historischen Museum weg, sah wie Nora die Tür zum `Paranormal Sisters´ abschloss und winkte ihr zum Abschied noch einmal zu. Dann spazierte Cheryl langsam die menschenleere Straße entlang, zurück zu ihrem viktorianischen Häuschen.

Ohne sich dessen bewusst zu sein, wartete Cheryl

darauf, das angenehme Aroma das Kirschtabaks, an das sie sich so während der letzten Wochen gewöhnt hatte, zu riechen. Sie verspürte nicht die geringste Angst, als sie schließlich den zweiten Schatten sah, der neben ihr auf der sandigen Straße entlang ging. Er war bei ihr und seine Anwesenheit wärmte die einsame Frau, die durch die kühle Nachtluft ging.

Als Cheryl schließlich Zuhause ankam, schaute sie zu dem Schatten rüber und flüsterte: „Ich weiß, dass du mich nicht berühren kannst und leider darf auch ich dich nicht spüren. Aber vielleicht findest du einen Weg, mich in meinem Schlaf zu besuchen. Es wäre doch möglich, dass du in meinen Träumen sein kannst, richtig?"

Er blickte sie an, aber sein Gesicht erschien noch immer undeutlich wie ein verschwommenes Bild. Er lächelte sie an und versprach ihr, dass er es versuchen würde.

Cheryl duschte sich und ging zu Bett. Ihr Schlaf war unruhig und sie wälzte sich hin und her. Wieder und wieder hörte sie Hutchinsons wütende Stimme, die ihr immer wieder vorwarf, dass sie ihn verflucht hätte. Obwohl sie sehr erschöpft und müde war, wachte sie ein paar Mal auf und war bedeckt mit kaltem Schweiß. Endlich gegen 03:00 Uhr morgens fiel sie in tiefen Schlaf.

Nun konnte Russian Bill endlich seinen Weg in ihre Träume finden und er ließ sie seine warme Umarmung und Zärtlichkeiten durch die Barrieren der Zeit spüren, genauso wie es damals in den alten Zeiten gewesen war.

Kapitel Zwanzig

Am nächsten Tag rief Nora Dorothea an und erzählte ihr von den Vorkommnissen während der paranormalen Sitzung der vergangenen Nacht. Nachdem Dorothea das Gespräch beendet hatte, erzählte sie ihrem Mann davon und nun machten sich beide noch mehr Sorgen um Cheryl.

Dorothea erzählte Bert all die Geschehnisse der letzten Tage. Auch er war alarmiert. Bert wusste, dass gewisse Dinge in Tombstone nicht leicht zu erklären waren, aber dies überschritt alles was er und seine Frau bislang in der Stadt erlebt hatten.

„Was können wir tun? Sollen wir Cheryl dazu überreden nach Kalifornien zurückzugehen?" Bert schaute seine bessere Hälfte an und wartete auf eine Antwort.

„Das ist Cheryls Entscheidung und natürlich auch die des Arizona State Park Managements. Sie würden Cheryl sicherlich nicht aus dem Studienprogramm schmeißen, es sei denn wir erzählen dem Direktor des Park Managements etwas über einen groben Regelverstoß. Aber Cheryl hat sich ja nichts zuschulden kommen lassen."

Bert wusste, dass seine Frau recht hatte damit. Wie die meisten Leute in der Stadt, würde es auch ihnen beiden schwerfallen, Cheryl vor ihrem geplanten Abreisedatum verabschieden zu müssen.

Was aber, wenn das Mädchen in extremer Gefahr ist, fragte er sich. Am nächsten Tag erschien Cheryl blasser denn je, aber mit einem leichten Lächeln auf ihrem Gesicht zur Arbeit.

Ihre Augen strahlten, obwohl sie gerötet und Blut unterlaufen schienen. Es war offensichtlich, dass sie nicht viel geschlafen hatte, aber sie machte keinen müden Eindruck. Im Gegenteil, sie wirkte regelrecht aufgedreht, als ob ihr etwas besonders Schönes widerfahren wäre. Seltsamerweise wollte sie Dorothea keine Antwort geben, als diese Cheryl fragte, was los sei.

Bert beobachtete seine Angestellte und auf seinem Gesicht zeigte sich ein verwirrter Ausdruck. Später fragte er Dorothea, ob Cheryl sich nicht wohl fühlte.

„Denkst du sie nimmt Drogen?" Seine Gattin schüttelte

vehement den Kopf, konnte aber ihrerseits nicht mit einer Erklärung für das seltsame Verhalten dienen.

Als es Zeit war das Museum zu schließen, rief der Manager Cheryl zum Seitenausgang, um ihm zu helfen den Innenhof des Gebäudes zu kontrollieren. Berts Gesicht war sehr ernst und er sprach die Praktikantin ohne Umschweife an.

„Cheryl, ich denke es ist dir klar, dass wir dich ins Herz geschlossen haben. Wenn es irgendetwas gibt, dass dich bedrückt, dann weißt du hoffentlich, dass du jederzeit mit uns darüber sprechen kannst."

Die junge Frau versuchte seinem Blick auszuweichen. Schließlich antwortete sie. „Eines ist sicher, ihr habt eine gespenstische kleine Stadt hier!" Sie versuchte es wie ein Witz klingen zu lassen.

„Erinnerst du dich daran, dass ich dir gesagt habe Tombstone würde mit manchen Menschen auf ganz dramatische Art und Weise kommunizieren?"

„Ja, daran erinnere ich mich." Er berührte sanft ihre Schulter. Ihre Haut war trotz der wärmenden Abendsonne im Hof kalt.

„Manchmal kann das mitunter sehr gefährlich werden. Nicht jeder Geist in dieser Stadt ist freundlich gesinnt. Das hier ist nicht eine Art kalifornisches Unterhaltungsspiel, Cheryl. Wenn du die dunkle Seite von Tombstone unterschätzt, begibst du dich vielleicht in größere Gefahr, als du dir jemals vorstellen kannst!"

Cheryl starrte Bert nur schweigend an, wollte sich umdrehen und ihren Vorgesetzten brüsk abschütteln. Aber dann blickte sie über Berts Schulter und sah, wie ein Mann an einem der Seile am Galgen hing. Seine Augen waren leere Höhlen im Schädel und seine verwesende, schwarze Zunge hing ihm grotesk aus dem Mund.

Sie fühlte sich plötzlich, als ob sie sich übergeben müsse und blickte entsetzt in Berts Gesicht. Seine Miene zeigte, dass er wusste, was sie gesehen hatte. *Er kennt die Erscheinung,* dachte sie. *Kann es sein, dass er dieses furchtbare Bild selbst schon unzählige Male gesehen hat?* Bert hielt sie fest, während sie sich wie ein hilfloses Kind weinend gegen seine Schulter lehnte.

Sie gingen zurück hinters Gebäude, um zu schließen und Bert schlug seiner Frau vor, Cheryl über Nacht mit zu ihnen zu nehmen. Dorothea war sofort damit einverstanden und die verwirrte Studentin war heilfroh, die Nacht nicht allein verbringen zu müssen. Sie ging rasch in ihr Gästehaus und packte eine kleine Tasche zusammen. Sie wollte nichts sehnlicher, als für ein oder zwei Tage wegzukommen von der Allen Street, dem Bird Cage Theater und Crazy Annes Haus. Die beiden McEntires waren sehr liebenswürdig und großzügig und sie taten ihr Bestes, es Cheryl so komfortabel wie möglich zu machen.

Schlussendlich blieb Cheryl sogar drei Nächte bei ihren Freunden. Aber am vierten Tag teilte sie ihnen mit, dass sie in ihr eigenes kleines Häuschen zurückkehren wollte. Es entsprach einfach nicht ihrer Art, den Menschen zu lange zur Last zu fallen.

Sie hatte die ganzen Nächte keine Albträume gehabt und keine seltsame Erscheinung hatte sie belästigt. Sie wunderte sich, ob es etwas mit dem Salbei zu tun hatte, den Dorothea jeden Abend angezündet hatte.

Cheryl betrat das stille Haus am Abend des vierten Tages und beschloss früh zu Bett zu gehen. Sie war nicht hungrig und ging direkt nach dem Duschen in ihr Schlafzimmer. Obwohl sie unter der weichen Decke lag, war ihr kalt und sie zitterte. Aber sie war zu müde, um noch einmal aufzustehen und die Heizung anzudrehen. Stattdessen zog sie die Bettdecke bis zu ihrem Kinn hoch. Seltsamerweise schien die Temperatur im Zimmer noch weiter zu sinken.

Als sie sich zur Seite drehte, um die Nachttischlampe auszuschalten, schrie sie erschrocken auf. Eine Frau, gekleidet in einem Bordeaux farbigen Reifrockkleid, schaute mit einem traurigen Gesichtsausdruck auf sie herab. Cheryl wollte aus dem Bett springen, aber sie wagte nicht sich zu bewegen. *Ist das Crazy Anne?*

Nein! Ein paar Sekunden später erkannte sie das hübsche Gesicht und das lange kupferfarbene Haar.

„Lieber Gott hab Erbarmen! Du bist Lizette, nicht wahr?", flüsterte Cheryl. Die Frau lächelte sie versonnen an.

„Guten Abend, Mae! Es ist schön dich wieder hier zu sehen. Er ist so glücklich, Russian Bill meine ich." Cheryl schüttelte verärgerte ihren Kopf.

„Hör auf damit! Ich möchte nichts mehr von diesem Wahnsinn hören. Mein Name ist Cheryl und all dies passiert nicht wirklich! Ich werde bald nach Kalifornien zurückkehren. Ich habe dort ein gutes Leben."

Aber Lizette schüttelte traurig ihren Kopf.

„Er hat sein Versprechen von damals gehalten und ist zurückgekommen. Russian Bill hat all diese Jahre im Bird Cage Theater auf deine Rückkehr gewartet. Jede Nacht, Mae! Wir alle haben auf dich gewartet. Als du Hutchinson in jener verhängnisvollen Nacht verflucht hast und dir dann selbst das Leben nahmst, hast du auch deine eigene Seele an das Gebäude gefesselt, genau wie ich und viele andere es auf die ein oder andere Art getan haben."

Erst da bemerkte Cheryl die Narben an Lizettes Handgelenken und erinnerte sich daran, dass sie vom Selbstmord der `*fliegenden Nymphe*´ gelesen hatte.

„Das Bird Cage ist unser Zuhause, Mae! Russian Bill ist dein Mann. Es ist an der Zeit zurückzukommen."

Cheryl starrte die Frau entsetzt an, aber bevor sie protestieren konnte, fing die Erscheinung an sich aufzulösen. Ein paar Minuten später bezweifelte Cheryl, dass sie Lizette überhaupt gesehen hatte. Plötzlich jedoch strich eine kaum merkliche Brise vom Badezimmer her über ihr Gesicht. Eine kleine schwarze Feder, die an den Ärmeln von Lizettes Kleid befestigt gewesen war, tanzte zaghaft durch die Luft und landete schließlich auf Cheryls Bettdecke.

Cheryl versteckte sich wie ein verängstigtes Kind unter der Decke und weinte bitterlich. Sie wusste nicht, wie sie diesem ganzen Wahnsinn, der ihr Leben über den Haufen zu werfen schien, jemals entkommen sollte.

Als sie am nächsten Morgen aufwachte, fühlte sie sich, als ob sie von einem Lastwagen überrollt worden wäre. Sie machte sich einen extra starken Kaffee und setzte sich damit auf die Stufen der Veranda.

Die Sonne ging auf, aber ihre wärmenden Strahlen schafften es diesmal nicht sie zu beruhigen und die Gänsehaut auf ihren Armen zu vertreiben.

Was soll ich nur tun? Sie überlegte sich ernsthaft die Stadt zu verlassen. Diese ganzen Geistergeschichten und Erscheinungen waren für sie kaum noch zu ertragen. *Ich muss mit Dorothea und Bert reden, auch auf die Gefahr hin, dass die beiden von mir enttäuscht sein werden, wenn ich Ihnen sage, dass ich die Praktikumsstelle früher verlassen möchte.*

Die junge Frau war am Boden zerstört, fühlte sich schuldig und brachte es nicht übers Herz, sich selbst einzugestehen, dass sie die Stadt nicht nur wegen den McEntires nicht verlassen wollte.

Gnade mir Gott! Ich trage einen Mann in meinem Herzen, der bereits seit über *hundertdreißig Jahre tot ist. Wie um alles in der Welt ist das denn möglich?*

Cheryl schüttelte verzweifelt ihren Kopf und ging zurück ins Haus, um sich für die Arbeit fertig zu machen. Als sie im Courthouse Museum eintraf, genügte ein Blick von Dorothea, um zu realisieren, dass sich die Situation die vergangene Nacht abermals zugespitzt hatte. Ihre Freundin schien abwesend und war furchtbar blass. Dorothea umarmte ihre Freundin einen Moment tröstend.

Bert und Dorothea nahmen Cheryl zum Mittagessen mit ins O.K. Café. Dort sprachen sie mit ihr wie besorgte Eltern es tun würden.

„Meine Liebe, wir sehen, dass es dir nicht gut geht und wir machen uns sehr große Sorgen um dich. Bert und ich denken, es ist das Beste für dich, wenn wir dich zurück nach Kalifornien schicken."

Als Cheryl protestieren wollte, brachte Bert sie zum Schweigen. „Missversteh uns bitte nicht! Wir sind wirklich sehr zufrieden mit deiner Arbeit und wir lieben dich mittlerweile fast wie eine Tochter. Aber wir fürchten um deine Sicherheit. Du scheinst mehr seltsame Ereignisse auszulösen, als irgendjemand sonst den wir kennen. Irgendetwas muss an dir sein, was die Geister der Vergangenheit so sehr anlockt und wir fürchten, dass wir nicht genügend Kräfte besitzen, um dich zu schützen; nicht einmal mit Noras Hilfe. Wir könnten es uns niemals verzeihen, wenn dir etwas zustoßen würde."

Dorothea blickte Cheryl an und hatte Tränen in ihren Augen. „Wir kümmern uns um das Umbuchen deines Fluges und sorgen dafür, dass das Management der Arizona State Park Organisation eine glaubhafte Erklärung erhält, warum du uns früher als geplant verlässt."

Cheryl fühlte einen Kloß in ihrem Hals. Sie hätte niemals für möglich gehalten, dass es ihr einmal so schwerfallen würde, Tombstone zu verlassen. Sie hatte sich an die

Stadt mit ihren alten Gebäuden und dem ein oder anderen seltsamen Charakter gewöhnt. Selbst die lauten Saloons störten sie nicht mehr, im Gegenteil. Aber sie wusste auch, dass Bert recht hatte und sie sich in Gefahr befand.

So erklärte sie sich schlussendlich schweren Herzens und mit Tränen in den Augen einverstanden, einen Direktflug nach L.A. für das kommende Wochenende zu buchen.

Sie würde noch ein paar Tage benötigen eine Unterkunft in Kalifornien zu finden, denn ihr eigenes Appartement war noch für weitere zwei Monate an einen Studienkollegen vermietet. Außerdem wollte sie die restlichen Tage nutzen, ihr Referat zu Ende zu schreiben.

Als Cheryl an jenem Abend zu Crazy Annes historischem kleinen Häuschen zurückkehrte, ging sie ins Badezimmer und schluckte eine Schlaftablette, um sich einen tiefen Schlaf zu ermöglichen. Sie wollte keine unruhigen Träume oder Visionen von irgendwelchen Geistern durchleben. Alles was sie diese Nacht wollte war Frieden, denn sie fühlte sich emotional ausgelaugt.

Das pharmazeutische Produkt erfüllte seinen Zweck und ihr Schlaf war traumlos und tief. Dennoch war sie nicht allein im Zimmer. Russian Bill saß neben ihr und strich ihr übers Haar. Sein Körper hinterließ keinen Abdruck auf der Bettdecke. Er wirkte sehr traurig.

Es war die dunkelste Stunde vor der Morgendämmerung. Die Räumlichkeiten des Bird Cage lagen in tiefer Finsternis, abgesehen von den Notausgangslampen. Hutchinsons rüde Stimme donnerte durch den Barbereich voller Männer, als er sich über Russian Bill lustig machte.

„Deine kleine Stute scheint wohl doch nicht zu dir zurück zu kommen. Also bin ich derjenige der am Schluss gewonnen hat!"

Der attraktive William Tattenbaum blitzte sein Gegenüber mit stählernem Blick aus seinen graublauen Augen an. Hutchinsons Gesicht war eine Maske puren Hasses. Als er sich umdrehte zeigte sich auf seiner linken Wange der blutige Abdruck einer schlanken Hand. Der Abdruck hatte immer noch dieselbe blutrote Farbe, wie der große Fleck auf dem Holzfußboden vor der Bar. Wieder und wieder erschien dieser wie unzählige Nächte zuvor, seit dem Jahr 1881.

KAPITEL EINUNDZWANZIG

***

Das Datum des Rückfluges nach Kalifornien stand fest und Cheryl blieben nur noch drei Tage in Tombstone. Sie entschloss sich dazu, Nora zu besuchen und ihr für ihre Hilfe zu danken.

Die Besitzerin des Ladens stand hinter ihrer Theke und füllte gerade ein Bestellformular aus, als Cheryl das Ladenlokal betrat.

„Hey Mädchen, wohin des Weges?", fragte Nora lächelnd. Cheryl zuckte mit ihren Schultern. „Nirgends bestimmtes. Um ehrlich zu sein bin ich gekommen, um mich zu verabschieden. Ich werde die Stadt übermorgen verlassen." Nora murmelte, „du hast Angst, nicht wahr?"

„Ja, oder sagen wir mal, ich wünsche mir endlich mal wieder Nächte, in denen ich durchschlafen kann, ohne all diese verrückten Dinge zu sehen."

Aber die andere Frau war nicht so leicht hinters Licht zu führen. Obwohl Cheryl versuchte alles ein wenig ins Lächerliche zu ziehen, war offensichtlich, dass nackte Angst sie beherrschte. Nora öffnete eine der Glas Vitrinen und nahm einen kleinen hübschen Kristall Anhänger heraus und legte ihn zärtlich in Cheryls Hand.

„Dies wird dich beschützen. Bitte trage den Kristall, solange du hier in Tombstone bist oder noch besser, trage ihn immer! Betrachte es als mein Abschiedsgeschenk."

Die überraschte Frau wog den hellblauen Kristall kurz in ihrer Hand, dann zog sie die dünne Lederschnur, an der er befestigt war, über ihren Kopf. Der Anhänger erschien warm auf ihrer Brust, obwohl er aus einem kühlen Material bestand. Sie dankte Nora und umarmte sie herzlich.

„Eines Tages komme ich dich wieder hier besuchen", dann verließ sie das Geschäft. Die ältere Frau blickte ihr hinterher. „Ich hoffe und bete, dass du niemals zurückkommst, Mädchen", flüsterte sie.

Nora machte sich ernsthafte Sorgen, dass es für Cheryl vielleicht sogar schon zu spät war, denn ihr gefielen die zunehmenden Aktivitäten in der ehemaligen Leichenhalle in letzter Zeit überhaupt nicht. Das hatte sie auch Dorothea gesagt.

Am folgenden Tag entschied sich Cheryl dazu, dem von Geistern heimgesuchten, historischen Theater einen letzten Besuch abzustatten.

Das meiste ihrer Habseligkeiten hatte sie bereits für den Flug am nächsten Tag zusammengepackt und sie hatte heute sowieso ihren freien Tag.

Am Abend war ein Abschiedsessen mit Bert und Dorothea geplant. Cheryl freute sich nicht im Geringsten darauf, in die laute und quirlige Stadt Los Angeles zurückzukehren. Sie war definitiv nicht mehr dieselbe Person, wie die Cheryl, die vor einigen Wochen zum ersten Mal einen Fuß in diese Western Pionierstadt gesetzt hatte. Sie hatte Dinge gesehen und erlebt, die ihr gesamtes Leben verändert hatten.

Wie seltsam und verwirrend es doch wahr, dass ihr

das historische Bird Cage so heimisch und vertraut vorkam, sie sich aber mit Sicherheit am nächsten Tag im modernen L.A. fehl am Platz fühlen würde. Was war nur mit ihr geschehen?

Cheryl kaufte ein Eintrittsticket am Eingang des Museums. Sie hatte die Frau, die heute die Kasse führte, noch nie gesehen. Sie schaute von der Bar auf den Holzboden davor und sah einen großen dunklen Fleck, den sie zuvor nie bemerkt hatte. *Vielleicht ist es nur ein Schatten, ausgelöst durch das Tageslicht, das durch die offene Türe hereinfällt. Vielleicht sehe ich diese Dinge auch nur, weil meine Fantasie verrückt spielt.*

Es waren kaum Besucher in dem Museum, denn sie hatte sich bewusst eine späte Besuchszeit ausgesucht. Die meisten Touristen waren bereits auf dem Weg aus der Stadt hinaus oder saßen für ein frühes Abendessen in einem der Restaurants oder Saloons. Generell war es so, dass die letzten zwei geöffneten Stunden in den meisten Geschäften und Museen nicht besonders gut besucht waren. Speziell an den Wochentagen hatte man da den ein oder anderen Raum schon mal ganz für sich allein.

Als Cheryl den Hauptsaal mit der großen Bühne und den einzelnen düsteren Logen betrat, fühlte sie sich, als ob sie nach Hause kommen würde. Sie ging sofort auf die Pokernische neben dem Bühnenaufgang zu. Eine Zigarre lag qualmend in einem kleinen Glas Aschenbecher. „Bill!", rief sie, aber sie erhielt keine Antwort.

Sie schritt hinter die Bühne und mied dabei den direkten Augenkontakt mit der Totenkutsche. Das Gefährt schüchterte sie immer noch ein. Die hölzernen Stufen knarrten gespenstisch unter ihren Füßen, als sie zu dem Bordell- und Pokerbereich im Kellergeschoss ging. Das Geräusch erschien ihr unnatürlich laut.

Als sie als einzige Besucherin des Untergeschosses die Tür des ersten Zimmers erreichte, spürte sie, wie eine zarte Brise über ihr Genick strich. Eine Stimme flüsterte in ihr Ohr. „Warum verlässt du mich, Mae? Ich habe mein Versprechen gehalten, genau wie ich es gesagt habe. Warum verrätst du meine Liebe?"

Cheryl wusste nicht, was sie darauf antworten sollte. Tränen füllten ihre Augen und sie drehte ihren Kopf zu dem Schatten, der neben ihr stand.

„Es ist einfach nicht möglich, verstehst du das denn nicht? Du lebst in deiner Welt, in der dunklen Welt und ich bin hier im Heute. Ich möchte ja bei dir sein, aber ich kann dich nicht einmal berühren! Wenn ich hierbleibe verliere ich meinen Verstand. Zu gehen ist der einzige Ausweg. Ich sehe keine andere Möglichkeit."

Sie weinte nun bitterlich und lief durch den Seiteneingang hinter dem Souvenirladen aus dem Museum. Diesmal folgte ihr der Geist von Russian Bill nicht.

Kurze Zeit später saß Cheryl zusammen mit Bert und Dorothea an einem Tisch. Das Essen war sehr gut, aber sie hatte ihren Appetit verloren. Dem alten Bordell und Russian Bill auf Wiedersehen sagen zu müssen war erschütternd und herzzerbrechend gewesen. Das freundliche Ehepaar versuchte alles, ihren Gast aufzumuntern und Cheryl mit Smalltalk über Gott und die ganze Welt abzulenken.

Leider gelang es der jungen Frau nicht, sich von ihrer düsteren Laune zu befreien. Gegen 21:00 Uhr entschuldigte sie sich und schwindelte den beiden vor, dass sie noch ein paar Dinge zusammenpacken müsse. Sie wollte einfach nur noch allein sein. Bert fuhr sie zurück zu ihrem charmanten, historischen Häuschen, das die letzten drei Monaten ihr Zuhause gewesen war. Der Mann umarmte sie herzlich.

„Schlaf gut, kleines L.A. Cowgirl", flüsterte er. „Sei

nicht traurig, denn wir werden immer deine Freunde sein und hey, vielleicht kommen wir dich sogar im nächsten Frühling in Los Angeles besuchen."

Cheryl nahm den Mann abermals in die Arme und dankte ihm für den netten Abend und dafür, dass er sie zurückgefahren hatte.

Das Ehepaar hatte versprochen, dass sie die Studentin gegen Mittag abholen würden und selbst zum Flughafen in Tucson fahren wollten. Als Cheryl fertig war mit Duschen und sich umgezogen hatte, war es bereits spät. Sie saß eingehüllt in ein altes Sweatshirt und alte, verwaschene Jeans in ihrem Schaukelstuhl auf der Veranda.

Einsamkeit hielt ihr Herz in ihrem kalten, erbarmungslosen Griff. Es war ihr nicht einmal bewusst, dass sie auf ihn wartete. Immer wieder zog sie die kühle Nachtluft tief durch die Nase ein, um zu überprüfen, ob sie das wohlbekannte Aroma der Kirschtabak Zigarren wahrnahm. So schnüffelte sie wie ein kleiner Welpe die Luft um sie herum. Aber Russian Bill erschien nicht, um mit ihr zu sprechen.

Er muss sich betrogen fühlen, dachte Cheryl. Sie ging zu Bett, kuschelte sich unter die weiche Decke und dachte über diese verrückten Wochen hier in Tombstone nach. Alles erschien ihr so unwirklich.

Oh, wie sehr ich ihn vermisse.

Nun war ihr klar, warum sie so lange auf ihren Traumprinzen gewartet hatte und warum dieser unbedingt ein Mann mit langen Haaren und grau-blauen Augen sein musste. *Mein Unterbewusstsein muss sich wohl all die Jahrzehnte an Russian Bills attraktives Gesicht und die langen, welligen Haare erinnert haben.* Vielleicht sehnte sich ihre Seele immer noch nach der Liebe ihres Lebens, aus einer Zeit, die schon lange der Vergangenheit angehörte.

Sie schloss ihre Augen und versuchte etwas Schlaf zu finden, während sie sich doch nichts sehnlicher wünschte, als dass sie ihn noch einmal sehen und noch einmal hören könne, bevor sie am nächsten Tag abreisen würde.

Gehen - noch nie in ihrem Leben hatte dieses Wort so grausam und so unerträglich geklungen. Sie wartete vergeblich auf ihn und sie wusste sie hatte alles verloren. *Ich kann mich nicht daran erinnern, mich jemals in meinem gesamten Leben so einsam gefühlt zu haben.*

Kapitel Zweiundzwanzig

Es war nach Mitternacht. Das Gebäude war leer. Ein einsamer Schatten saß in der Pokerloge neben der Bühne. Die Tagestouristen waren gegangen und die Seelen der Ladies und Gentlemen, die für die meisten Besucher unbemerkt blieben, schwiegen in dieser Nacht.

Sie alle teilten eine Emotion, die Trauer über ein verlorenes Leben oder Reichtum und den Verlust der Liebe. Sie waren verdammt und gefangen in diesem unglückseligen Gemäuer, dass zu ihrem Schicksal für die Ewigkeit geworden war.

Russian Bill mischte die Karten. Seine Zigarre brannte unberührt im Aschenbecher. Hilflos musste seine Seele akzeptieren, dass er keine Möglichkeit hatte, die Frau, die einst die große Liebe seines kurzen Lebens gewesen war, zu erreichen. Der gutaussehende Spieler hatte versagt. Es war ihm nicht gelungen die Frau in Tombstone zu halten und Hutchinson hatte tatsächlich abermals gewonnen.

Cheryl schmökerte durch die Seiten eines Buches mit dem Titel `Befleckte Tauben des Westens'. Sie konnte einfach keinen Schlaf finden und blätterte durch die Fotos längst vergangener Tage. Darauf waren Frauen in gewagten Kleidern in ihren privatesten Momenten und in verführerischen Posen abgebildet. Abermals sah sie das Portrait von Lizette, welches sie noch immer tief bewegte. Was für eine schöne Frau sie doch gewesen war und wie tragisch ihr Leben geendet hatte. Und dennoch beneidete Cheryl sie sogar ein wenig, denn sie hatte Mae, Russian Bill, Crazy Anne und Curly Bill persönlich gekannt.

Noch mehr erschütterte sie, dass Lizette immer noch mit ihnen zusammen sein konnte. *Und ich? Das verwöhnte Mädchen aus Kalifornien hat anscheinend doch nicht so viel Glück im Leben wie ich immer gedacht habe. Nein, ich muss zurückkehren in eine Welt, die mir nicht mehr das Geringste bedeutet.*

Eifersucht raste wie ein brennendes Feuer durch ihren Körper. Während sie die schwarz-weiß Aufnahme von Lizette mit ihrer prächtigen, langen Lockenmähne betrachtete, kam ihr ein Gedanke.

Bei Gott, die Lösung für alle Probleme war immer direkt vor ihr gewesen. *Es gibt tatsächlich einen Weg, wie ich die Zeit zurückdrehen kann. Ich habe ihn nur nicht gesehen, weil ich zu beschäftigt damit gewesen war die Tatsachen zu ignorieren. Meine Fähigkeit ein Problem von jedem möglichen Winkel anzugehen, war wohl offensichtlich für einige Zeit verschüttet gewesen.*

Sie kicherte leise vor sich hin. Nun wusste sie, was sie zu tun hatte. Es gab einen Weg aus dieser Misere. Sie sprang aus dem Bett und stellte sich in ihrer Unterwäsche vor den antiken Ankleidespiegel.

Cheryl steckte sich ihre Haare mit zwei antiken Kämmen, die sie vor ein paar Tagen in einem der Läden gekauft hatte, hoch. Sie drehte sich um und öffnete ihren Koffer. Dieser war vollgepackt bis zum Limit. Sicherlich würde sie bei der Airline Übergewicht zahlen müssen, aber es machte ihr nichts aus. *Dieses Problem mit beschränktem*

*Gepäck hatten die Leute wohl damals schon, wenn sie mit
der Postkutsche reisten*, dachte Cheryl und lachte in dem
leeren Haus vor sich hin.

Mit einer zarten Berührung griff sie nach dem Rock
und dem Jäckchen, welche Dorothea ihr geschenkt hatte.
Das schimmernde Material raschelte leise, als sie es aus
ihrem Koffer nahm - dem Gepäck einer anderen Zeit und
einem anderen Leben.

Sie stieg in den Rock. Dieser fiel bauschig um ihre
Knöchel. Sie zog sich Schuhe an und schlüpfte in das
bestickte Jäckchen. Langsam schloss sie die mit Seide
bezogenen Knöpfe. Die hübsche Frau blickte in den Spiegel. Ihr Gesicht wirkte dünner und sehr blass.

Cheryl glättete den Spitzenkragen um ihren Hals und
legte ein antikes, samtenes Kropfband mit passenden Ohr-
ringen an. Ihr gefiel sehr, was sie im Spiegel sah.

*Wie erstaunlich, ich sehe ja fast so aus wie das
Spiegelbild, dass ich damals im ersten Zimmer des Bird
Cage gesehen habe.*

Cheryls Handy lag neben ihrer Handtasche auf dem
Nachttisch. Sie legte den Kristallanhänger, den Nora ihr
geschenkt hatte, neben ihr Telefon. Sie würde beides heute
Nacht nicht benötigen und moderne Kommunikationselek-
tronik war dort, wo sie hinging sowieso nutzlos.

Die prächtig gekleidete Frau trat aus dem Haus und ver-
ließ das Grundstück durch das Gartentor. Sie setzte einen
Fuß vor den anderen und vernahm dabei das klackende
Geräusch, dass ihre Absätze produzierten. Ihr Schritt war
zuversichtlich und voller Selbstvertrauen, als sie durch die
Dunkelheit ging.

Cheryl wählte die Parallelstraße hinter der Allen Street,
denn sie wollte niemandem versehentlich begegnen. Aber
sie machte sich vergeblich Gedanken darüber. Niemand

war auf der Straße. Es war weit nach Mitternacht und wie immer unter der Woche, wirkte die Stadt um diese Zeit wie ausgestorben.

Eine gewisse Kälte hatte sich in die Nachtluft geschlichen, aber Cheryl nahm sie gar nicht wahr. Der kalte Wind ging durch den Stoff ihrer Jacke, aber es spielte keine Rolle für sie. Alles, an was sie denken konnte, waren Russian Bills blau-graue Augen und die Liebe, die sie in ihnen gesehen hatte.

Zielstrebig lief sie an dem Straßenzug vorbei, wo sich einst Tombstones berühmter Rotlichtdistrikt befunden hatte.

Cheryl sah großartig aus in ihrem Kleid und mit den aufgesteckten Haaren, fast wie eine komplett andere Frau. Ein zartes Lächeln erhellte ihr Gesicht. Ein paar störrische Locken hatten sich aus den Haarkämmen befreit und umspielten ihr Gesicht.

Endlich kam sie am Bird Cage Theater an. Das Gebäude lag in kompletter Dunkelheit. Die einzige Lichtquelle kam von einer Straßenlaterne an der gegenüberliegenden Ecke. Es war beinahe 01:00 Uhr morgens des 28. Oktobers.

Cheryl stand vor der Haupteingangstüre und holte tief Luft. Vor hundertvierzig Jahren am 28. Oktober 1881 war einst eine dunkelhaarige Frau in das verruchte Lokal durch eben diese Türe gestürmt.

Eine sanfte Brise bewegte ihren langen Rock. Cheryl drehte sich um und schaute ein letztes Mal auf die Autos, die in der Nähe geparkt waren. Ein letzter Blick auf die Souvenir Läden und die Saloons. Nun sah Cheryl sie, all die Schatten der Bewohner Tombstones aus längst vergangenen Tagen, die die Gehwege entlangliefen, aber sie fürchtete sie nicht länger.

Cheryl Roberts drehte sich wieder zur Tür und drückte sanft dagegen. Sie war nicht im Geringsten überrascht, dass diese sich für sie öffnete. Sie war sich sicher gewesen, dass das Theater sie willkommen heißen würde.

Als Cheryl durch den Vordereingang trat, ließ sie die moderne Welt hinter sich, aber es machte ihr nichts aus, denn sie war dort, wo sie hingehörte. Sie war Mae Davenport. Cheryl Roberts war nicht mehr wichtig. Alles was zählte war Russian Bill und eine Theater Tänzerin namens Mae.

KAPITEL DREIUNDZWANZIG

***

Der Raum war erfüllt mit dem lauten Getöse des Publikums und dem Klavier, auf dem eine Polka aus der alten Welt gespielt wurde. Die Männer an der Bar hoben ihre mit Whiskey gefüllten Gläser und toasteten ihr zu, als sie an ihnen vorüberging.

Die kleine Loge neben der Bühne war leer. Niemand saß dort, um die Karten zu mischen, aber Mae machte sich darüber keine Sorgen. Sie wusste, dass er auf sie in jenem Raum warten würde, wo sie sich das erste Mal geliebt hatten. Alles was sie tun müsste, war die Treppe hinab zu steigen. Mit einem wissenden Lächeln trat die schöne Frau hinter die Bühne und machte sich auf den Weg zu den Räumen im Souterrain…

***

Am nächsten Morgen öffnete die Museumsangestellte Heather die vordere Türe des Bird Cage Theaters. „Irgendwie funktioniert das Schloss in letzter Zeit nicht richtig. Ich muss dem Eigentümer unbedingt Bescheid geben, dass er dieses Hauptschloss auswechseln lässt.

Über kurz oder lang breche ich noch den Schlüssel ab und dann wird der Boss wieder aus der Haut fahren und mir die Schuld dafür zuschieben. Ich frag mich wirklich, ob die Türe letzte Nacht überhaupt richtig abgeschlossen gewesen ist", murmelte sie wütend vor sich hin, während sie ungeduldig am Türgriff hantierte.

Heather machte sich erst gar nicht die Mühe eine Notiz in ihrem täglichen Rapport zu schreiben, sondern schickte ihrem Vorgesetzten einfach eine Text Nachricht auf ihrem Handy.

„Lobet die moderne Elektronik!", sagte sie und legte die Eintrittstickets für den Tag bereit.

Heather folgte ihrer täglichen Routine und ging durch das doppelstöckige Gebäude, um nachzuschauen, ob alles okay war. Die Angestellten mussten sichergehen, dass alle Türen im Museum aufgeschlossen und geöffnet waren, um den Besuchern den Durchgang durch die verschiedenen Räume zu gewähren.

Alle Türen, außer denen der Prostitutionszimmer natürlich. Diese blieben das ganze Jahr über verschlossen. Heather war sich sicher, dass sie heute auch den ein oder anderen Artikel im Souvenirshop auffüllen musste. Das Wochenende stand vor der Tür und sie erinnerte sich daran, dass ein paar der Postkarten ausverkauft waren. Wahrscheinlich auch das ein oder andere Buch, die aber sicherlich immer noch zum Auffüllen im Bereich hinter der Bar auf Lager waren.

Als sie die Treppe hinab kam, hatte sie das seltsame Gefühl, dass etwas anders war als sonst und das machte sie nervös. Nicht, dass sie erstaunt gewesen wäre, wenn manche Dinge nicht an deren Ort und Stelle stehen würden. Die Touristen hatten ab und dann die seltsamsten Einfälle und Heather wusste, dass sich manchmal auch während der Nacht merkwürdige Dinge in den Räumen abspielten.

Natürlich nicht jede Nacht, aber man sagte, dass es in dem Gebäude spukte. Als sie am Ende der Treppe ankam, starrte sie geradewegs geschockt auf die geöffnete Tür der ersten Kammer.

„Wer in dieser gottverlassenen Stadt würde es wagen, eine verschlossene Tür in einem Museum aufzubrechen?", fluchte sie erbost vor sich hin. „Das glaub ich jetzt nicht! Wie soll ich das wieder dem Chef erklären? Mein Gott, ich hoffe, dass nichts gestohlen wurde. Wenn das der Fall wäre, würden sie mich garantiert feuern!"

Heather war außer sich vor Zorn. Der Einbruch musste während der Abendschicht passiert sein. Sie hatte den Besitzer des Museums gleich gesagt, dass dieses neue Mädchen für den Job nicht taugte. Heather hatte sie von Anfang an als nicht sehr zuverlässig eingeschätzt und es dem Chef auch deutlich gesagt.

„Gras rauchender Punk!", murmelte sie wütend vor sich hin. Sie hoffte, dass nichts in der historischen Kammer beschädigt worden war und trat zögernd über die Türschwelle. Zuerst verstand sie nicht was sie dort drin sah.

Es dauerte ein paar Sekunden, bis ihr Verstand begriff, was in dem Zimmer nicht stimmte. Als ihr Bewusstsein schließlich die Information verarbeitet hatte, schrie sie laut und hysterisch auf und konnte gar nicht aufhören damit. Ihre Schreie voller Panik, wurden von den kühlen Adobe Lehmwänden als unheimliches Echo zurückgeworfen.

Die McEntires trafen ein paar Minuten vor 10:00 Uhr bei dem viktorianischen Haus ein. Sie hatten sich kurzerhand dazu entschlossen, Cheryl mit Carmens reichhaltigem Frühstück im O.K. Café zu verwöhnen. Das Ehepaar wollte noch so viel Zeit wie möglich mit ihrer kalifornischen

Freundin verbringen, bevor diese abfliegen musste.

Nach so vielen Ehejahren verstanden die beiden sich ohne Worte und wussten, wie sehr sie Cheryl vermissen würden, sobald das Flugzeug Richtung Los Angeles abheben würde. Beide hatten die junge Frau mittlerweile ins Herz geschlossen und wünschten, Cheryl müsste die Stadt erst gar nicht verlassen.

Als sie gerade ihr Auto vor Crazy Annes Haus parkten, hörten sie die Sirene des Einsatzwagens des Sheriffs, der gerade die Fremont Street entlang raste. Nur wenige Momente später folgte ein Krankenwagen.

„Was soll denn die ganze Aufregung am frühen Morgen?", wunderte sich Bert, aber Dorothea zuckte nur mit ihrem Schultern. „Wird wahrscheinlich nicht lange dauern und wir werden es über den Buschfunk erfahren." Sie klopfte an die cremefarbene Haustüre, aber Cheryl öffnete nicht.

Dorothea fragte sich, ob Cheryl immer noch schlief. Schließlich hatte sie in letzter Zeit nicht genügend Schlaf bekommen und die ältere Frau war überzeugt davon, dass Cheryl sehr erschöpft sein musste.

Sie klopfte abermals an die Türe und wieder wartete das Ehepaar vergeblich darauf, dass ihre Freundin öffnete. Da griff Dorothea zu ihrem Telefon und wählte Cheryls Handynummer.

„Vielleicht schlendert sie gerade durch die Stadt auf der Suche nach Last Minute Souvenirs für ihre Freunde in L.A.", mutmaßte Bert.

Das Telefon klingelte aber niemand antwortete. Gerade als sie den Anruf abbrechen wollte, hörte Berts Frau ein Handy im Innern des Hauses klingeln. *Vermutlich ist das Cheryls Telefon,* überlegte Dorothea.

Sie blickte besorgt ihren Mann an. Dieser ging auf die Tür zu und klopfte diesmal länger und kräftiger dagegen.

Wieder keine Antwort. In dem Moment raste ein drittes Auto mit heulenden Sirenen und blinkenden Lichtern die Fremont Street entlang. Es war ein Polizeiauto der Einheit aus Tucson.

„Was um alles in der Welt ist hier los?" Bert McEntire ging zur Straßenecke, die sich mit der Allen Street kreuzte und schaute in die Richtung, von wo der Sirenenlärm herkam.

Sein Gesicht trug einen besorgten Ausdruck, als ihm klar wurde, dass alle Einsatzwagen vor dem berühmten, historischen Bird Cage Theater standen. Eine Menschenmenge hatte sich bereits dort versammelt. Die Signallichter der geparkten Autos der Einsatzkräfte blinkten.

„Vielleicht ist ein Tourist im Bird Cage gestürzt oder so", sagte er zu Dorothea und lief zurück auf das Haus zu, vor dem seine Frau noch immer darauf wartete, dass Cheryl die Eingangstüre öffnete. Sie blickte Bert ins Gesicht, schaute dann verdutzt auf ihr Telefon in ihrer Hand und wurde plötzlich leichenblass.

Mein Gott, das Bird Cage! Dorothea drehte sich um und ging zügig Richtung Straßenkreuzung, um die Allen Street entlang zu hetzen. Ihr Mann rief ihr überrascht hinterher.

„Hey Frau, wo gehst du denn jetzt plötzlich hin?"

Aber sie beachtete ihn gar nicht. *Ich weiß, wo sie ist! Jesus im Himmel, bitte mach, dass ich mich irre,* betete sie, während sie die Straße so schnell sie konnte entlang ging. Ihr Ehemann folgte ihr, aber konnte fast nicht Schritt halten mit seiner bestürzt wirkenden Frau.

Als beide auf der Höhe vom Big Nose Kate´s Saloon ankamen, rannten die McEntires mehr oder weniger den Gehweg entlang. Das Erste was sie beide sahen, als sie bei dem historischen Gebäude eintrafen, war Heather, die sich weinend an die Schultern eines Polizisten lehnte. Sie schluchzte herzzerreißend.

Touristen, wie auch Einheimische standen um sie herum, gafften und versuchten den besten Blick zu erhaschen. Einige zielten mit ihren Handys Richtung Eingang. Offensichtlich wollte jeder das beste Foto erwischen von was auch immer sich da drin abspielte.

Ein Rettungssanitäter schob eine fahrbare Trage in das Museum. Ein aufgeregtes Raunen ging durch das Publikum. „Jemand muss sich da drin verletzt haben", spekulierte eine in Shorts und bunten Flipflops gekleidete Frau.

Heather drehte sich entsetzt vom Rettungssanitäter weg. In diesem Moment sah sie die beiden McEntires und streckte verzweifelt ihre Hand aus.

„Es tut mir so leid, Dorothea! Ich habe keine Ahnung, wie das passieren konnte." Die andere Frau blickte sie nur verständnislos an. „Was meinst du?"

Heather weinte nun hysterisch und niemand konnte verstehen, was sie zu berichten versuchte. Doch dann plötzlich erklang ein einziges Wort, das Dorotheas Blut erstarren ließ. „Cheryl!"

Bert versuchte seine Frau aufzuhalten, aber diese schlüpfte einfach aus ihrer Jacke und rannte ins Museum. Immer wieder rief sie dabei verzweifelt den Namen ihrer Freundin. Der Sheriff versuchte sie zurückzuhalten, aber trotz ihres Alters war Dorothea schnell und wendig wie eine Katze.

Sie lief auf den Lärm zu, der vom unteren Stockwerk zu ihr heraufdrang. Dabei durchquerte sie den Hauptsaal des Museums, so schnell sie ihre Füße durch das Halbdunkel tragen konnten.

Die Treppe runter! Die Stimmen kommen vom Pok-erzimmer, dachte sie. Als sie im Untergeschoss ankam, schien der kleine Bereich sehr beengt und voller Leute zu sein. Große Halogenscheinwerfer blendeten sie. Als sich ihre Augen an das grelle Licht gewöhnt hatten, bemerkte sie, dass die Türe zur ersten Kammer der damaligen Prostituierten weit offenstand.

Dorothea McEntire ging langsam auf das Zimmer zu, aber sie zögerte. Die Trage stand im angrenzenden Raum, denn hier in diesem beengten Umfeld hätte sie keinen Platz mehr gehabt.

„Oh Gott, nein!" Cheryls Freundin wollte gar nicht näher herantreten, denn sie fürchtete sich vor dem, was sie vielleicht sehen würde. Sie wandte sich leicht um, sah aber plötzlich aus ihrem Augenwinkel heraus ein schimmerndes, grünes Material und blieb wie angewurzelt stehen.

„Mein Kleid, um Gottes Willen, lass das nicht Cheryl sein!" Sie unterdrückte einen Aufschrei und setzte unbewusst einen Fuß vor den anderen. Das historische, kleine Zimmer zog sie magisch wie ein Magnet an, bis die verängstigte Frau im Türrahmen stand. Der Sheriff, der ihr gefolgt war, wollte sie zurückziehen, aber es war zu spät. Sie hatte bereits gesehen, was nicht für ihre Augen bestimmt gewesen war.

Cheryl Roberts lag auf dem schmalen, antiken Bett mit seinem wuchtigen Kopfteil aus Holz. Sie trug das grüne Kleid, welches sie von Dorothea geschenkt bekommen hatte. Ein paar ihrer dunklen Haarsträhnen lagen über ihrer Stirn und auf der rechten Wange. Ihr Gesicht hatte die Farbe von Wachs und ihre Lippen waren blau angelaufen. Dennoch sah sie unglaublich schön aus. Auf ihren Lippen lag ein zaghaftes Lächeln. Ihr linker Arm hing schlaff über den Rand des Bettes. Ihre rechte Hand umklammerte einen Gegenstand, der aussah wie eine dunkelbraune kleine Glasflasche.

Fast wirkte sie wie eine schlafende, viktorianische

Puppe aus einer längst vergessenen Zeit und passte so perfekt in dieses Zimmer, ganz im Gegensatz zu all den anderen Leuten, die wie moderne Eindringlinge erschienen.

Einer der Rettungssanitäter kniete vor ihr und überprüfte ihren Puls auf der Suche nach einem Lebenszeichen. Dann stand er langsam auf und schüttelte seinen Kopf. „Sie ist tot!", verkündigte er. „Es gibt nichts mehr, was wir für sie tun können!"

Dorothea brach zusammen. *Wie kann das sein? Wie um alles in der Welt ist sie in der Nacht in das Bird Cage Theater gekommen?*

„Was meinen Sie damit, dass Sie tot ist? Das ist nicht möglich!" Die Frau, die im Türrahmen stand, schrie den jungen Mann an. „Versuchen Sie die Frau wieder zu beleben, in Gottes Namen!" Der Rettungssanitäter blickte betreten zu Boden und wusste nicht, was er ihr antworten solle. Dann deutete er zu Cheryl.

„Sie muss mindestens schon zwischen fünf und sieben Stunden tot sein. Es würde keinen Sinn machen zu versuchen sie wiederzubeleben, verstehen Sie?"

Nein! Cheryls Freundin verstand ganz und gar nicht. Dorothea verstand nichts von alle dem was sich hier unten abspielte.

„Wie kann das sein? Wie kann Cheryl nicht mehr unter uns sein?", flüsterte sie entsetzt.

Der Sheriff deutete auf die kleine braune Flasche in ihre Hand.

„Was hält sie dort in ihrer Hand fest? Lassen Sie es mich sehen!" Der Rettungssanitäter versuchte so vorsichtig wie möglich den Gegenstand aus Cheryls kalten Fingern, die bereits steif geworden waren, zu entfernen. Zum Glück war das Glas glatt genug, um es aus ihrer verkrampften Hand zu befreien. Er blickte verdutzt auf die Flasche. „Da will ich doch verdammt sein!"

„Was ist es?", fragte der Sheriff ungeduldig. Der andere Mann schaute auf den Gesetzeshüter, dann roch er an der Flasche. „Auf dem Etikett steht *Laudanum* in Handschrift. Es ist verdammtes *Laudanum*. Ist das nicht die Droge, die in den alten Zeiten so viele der gefallenen Engel ins Jenseits befördert hat? Für mich sieht das nach einer Original Flasche aus, aber wo um alles in der Welt hätte sie diese herhaben sollen? Hat sie die Flasche hier drin gefunden?"

Alle im Raum blickten sich verwundert und fassungslos an. Alle, außer Dorothea, waren geschockt. Sie aber verstand genau, was hier unten passiert war.

Schluchzend ging sie langsam wieder nach oben. Bert wartete beim Eingang auf sie und nahm sie tröstend in den Arm. Sie weinte fürchterlich und dann sagte sie ihm, dass es Cheryl war, die da unten lag und dass ihre Freundin tot war.

Bert konnte nicht glauben, was er da hörte. *Wie kann das sein? Wir haben sie doch erst noch vor ein paar Stunden gesehen. Das muss ein Irrtum sein, die da unten müssen sie verwechseln. Das kann nicht Cheryl sein, oder war es doch möglich?*

Seine Frau blickte ihn durch ihre Tränen an. „Sie ist zu ihm gegangen, Bert! Es war die einzige Möglichkeit, um zu Russian Bill zurückzukehren. Möge Gott uns vergeben! Wir hätten es besser wissen sollen. Wie konnten wir die dunkle Kraft von Tombstones Vergangenheit nur so unterschätzen? Ich werde mir das selbst nie verzeihen!"

Am Boden zerstört verließ das Ehepaar die erschütternde Szene. In der Zwischenzeit hatten die Rettungssanitäter Cheryl vorsichtig auf die Trage gebettet und sie mit einem weißen Tuch bedeckt, um sie vor der Neugierde

der Touristen und ungewollten Schnappschüssen mit deren
Handys zu schützen. Nur ein Stück des grün schimmernden
Stoffes lugte unter dem weißen Tuch hervor.

Im viktorianischen Haus von Crazy Anne stand Cheryls
geöffneter Koffer und warte darauf, für den Flug AA 302
nach Los Angeles eingecheckt zu werden. Aber Cheryl
würde niemals zu jenem Leben zurückkehren.

KAPITEL VIERUNDZWANZIG

***

Die Polizei von Tucson leitete während der folgenden Tage eine ausführliche Untersuchung der Ereignisse ein. Obwohl es offensichtlich Selbstmord war, hinterließ Cheryls Tod dennoch eine Menge unbeantworteter Fragen. Die Beamten hatten sich vorgenommen die Geschehnisse aus jedem möglichen Winkel zu betrachten.

Dorothea und Bert versuchten ihr Bestes, Cheryls Verwandtschaft ausfindig zu machen und diese zu informieren. *Was um alles in der Welt sollen wir diesen Leuten nur sagen,* überlegte Bert verzweifelt. *Wie sollen wir ihren Verwandten erklären, dass diese lebenslustige, hübsche Frau Selbstmord beging.*

Der Eigentümer der berühmten Touristenattraktion musste die Türen weiterhin für die Öffentlichkeit verschlossen halten, und zwar so lange, wie die polizeiliche Untersuchung anhielt. Aber nicht nur das. Er musste den Beamten auch Zutritt zu allen Räumlichkeiten gewähren, so auch zu den ehemaligen Zimmern der Prostituierten, dem kleinen Keller und natürlich auch dem ehemaligen Bad und Garderobenraum der Spieler im Souterrain.

Den Forensikern war es unwohl zumute, als schließlich die dritte Holztüre aufgeschlossen wurde. Die Polizeibeamten zögerten, den kleinen Raum zu betreten. Irgendetwas erschien seltsam und bedrohlich in dem dunklen Zimmer.

Als die Türe geöffnet wurde, entwich die darin seit Jahren eingeschlossene Luft mit einem gehässigen Zischen, oder war es eine Stimme gewesen? Keiner der Männer konnte es mit Sicherheit sagen.

Der ekelerregende, süße Geruch von verwesendem Fleisch drang ihnen aus dem Zimmer entgegen. Einer der Gerichtsmediziner arbeitete bereits einige Jahre für die Polizei und er erkannte den Geruch sofort. Er machte sich auf das Schlimmste gefasst.

Als er den kleinen Raum betrat, stand er wie versteinert in dem dämmrigen Halbdunkel. Sein Gesicht zeigte den Ausdruck von Schock und Abscheu.

Der verwesende Körper einer blonden Frau saß auf einem antiken Stuhl. Ein kleiner Haufen von Silbermünzen lag vor ihr zu ihren Füßen. Sie starrte ihn aus leeren Augenhöhlen an. Neben dem Stuhl auf dem staubigen Boden befand sich das Skelett einer weiteren Frau. Ein verblichenes Cape, das mit einer Federstola verziert war, bedeckte die Knochen teilweise.

Der Mann stolperte entsetzt zurück aus dem Raum heraus und rief nach dem führenden Beamten, der die Untersuchung leitete und sich im Stockwerk über ihm befand. Als Officer McCain unten ankam, deutete der Gerichtsmediziner wortlos zur dritten Türe. Ihm hatte es die Sprache verschlagen.

Niemand hatte damit gerechnet noch mehr tote Frauen in diesem Gebäude zu finden. Aber offensichtlich war das Ende der unangenehmen Überraschung noch nicht erreicht.

Nun stellte das Police Department das gesamte Bird

Cage Theater auf den Kopf. Der Besitzer beschwerte sich über den Verlust des Einkommens, da er nach wie vor nicht für die Touristen öffnen durfte. Der leitende Inspektor versicherte ihm aber ohne Umschweife, dass er sich glücklich schätzen müsse, wenn das Museum nicht sogar für immer geschlossen bleiben müsse. Die Polizei legte ihm nahe, dringend mit ihnen zu kooperieren.

Vertreter der Medien bevölkerten die Stadt. Offensichtlich hatte nicht nur ein Selbstmord in dem berühmten Museum stattgefunden, sondern es gab mittlerweile auch Hinweise, dass sich dort Morde zugetragen hatten. Das war schon die eine oder andere Schlagzeile wert. Man hatte zwischenzeitlich die Überreste von drei weiteren Frauen, nebst Cheryl Roberts gefunden.

Das gerichtsmedizinische Labor in Tucson verfasste vier Tage und einige Nachtschichten später einen ausführlichen Bericht. Zwei der Toten verstarben vor vielen Jahrzehnten. Nicht so aber die blonde Frau, die in der dritten Kammer gefunden worden war. Die Leiche wurde als die vermisste Lisa Callaghan identifiziert, die Wochen zuvor spurlos verschwunden war.

Laut Gerichtsmediziner war die Todesursache bei Lisa ein Herzstillstand. Nichtsdestotrotz wusste niemand, wie sie in jenen dritten Raum gelangt war, denn dieser war seit Jahrzehnten verschlossen.

Auch fand man keinerlei Erklärung für die Silbermünzen auf dem Boden vor Lisas Leiche. Experten belegten, dass es sich um authentische 1881 Morgan Silberdollar handelte, die aus purem Tombstone Silber geprägt waren.

Die weiblichen Überreste, die neben Lisa auf dem Fußboden gefunden wurden, gehörten zu einer Frau, die zum Zeitpunkt ihres Todes zirka dreißig Jahre alt gewesen sein musste.

Von dem vierten weiblichen Opfer wurde lediglich der Schädel gefunden. Er lag versteckt zwischen den antiken Whiskeyfässern und alten Möbelstücken in dem kleinen, gewölbeartigen Keller unter der Bühne. Der Zugang war mit einem Eisengitter gesichert gewesen.

Der Schädel hatte sich mehr als hundert Jahre zwischen den Antiquitäten befunden. Niemand konnte die Identität oder Todesursache der beiden Skelette herausfinden, aber Dorothea war sich sicher, dass es sich um die beiden vermissten Frauen handelte, über die sie Jahre zuvor bei ihren Recherchen gestolpert war. Leider konnte die Polizei keine DNA Proben für einen Vergleich finden, um zu bestätigen, dass die beiden Frauen tatsächlich die verschwundenen Personen aus den alten Stadtdokumenten des Courthouse Museums waren. Zuviel Jahre waren seit deren Tod vergangen. Die zwei Frauen würden namenlose Tote bleiben und die Umstände ihres Todes würde ein Rätsel der Geschichte bleiben.

Nicht so bei Cheryl. Sie beging tatsächlich Selbstmord, indem sie den Inhalt einer Originalflasche der Pionierfront Droge Laudanum trank. Das seltsame daran war, dass niemals eine Flasche des starken Opiats in dem Museum ausgestellt gewesen war. Noch viel verwunderlicher war, dass es sich laut toxikologischem Bericht tatsächlich um die Originalzusammensetzung aus dem späten 19. Jahrhundert handelte.

***

Die Nacht war stockfinster und der Himmel stark bewölkt. Keine Seele war auf der Straße unterwegs. Die Hauptsaison, in der die Touristen Tombstone besuchten war genauso vorüber, wie die jährlichen Eventwochenenden. Es war kälter geworden und eines der seltenen Arizona Regentiefs hatte den Staub auf der Straße zu Matsch verwandelt.

Das alte Bordell war eingehüllt in komplette Dunkelheit. Für die moderne Welt außerhalb seiner Mauern, erschienen die Fenster nachts wie die dunklen Augen eines Fremden, der die Straße entlang starrte und auf die gegenüberliegenden Gebäude spähte.

Aber drinnen, hinter den Adobe Wänden stand beißender Zigarrenrauch in der Luft und das Lachen der Gäste war genauso laut wie die Musik des Klaviers.

Can Can Tänzerinnen verführten ihre Gäste mit wirbelnden Röcken, die eigens aus Paris importiert worden waren und zeigten ihre nackten Beine unter den vielen Stoffbahnen. Die Kostüme der Tänzerinnen zeigten mehr, als sie verbargen. Niemals hätte eine sogenannte reine, anständige Dame der Gesellschaft von Tombstone jemals so viel Haut gezeigt.

Der Poker Tisch in der Nische neben der Bühne war leer. Niemand mischte dort heute Nacht die Karten. Im unteren Stockwerk wurde das längste, ununterbrochene Pokerspiel aller Pionierstädte weitergeführt. Einige gefallene Engel füllten emsig die Whiskeygläser der Spieler und ein paar von ihnen versuchten die Männer weg von ihren Spielkarten in die spärlich möblierten Zimmer oberhalb des Theatersaales zu locken.

Aber all das nahmen die beiden Liebenden hinter der ersten Holztüre, gegenüber des Pokertisches gar nicht wahr. Eine schöne Frau mit dunklen Haaren und großen leuchtenden Augen schaute zu ihrem attraktiven Liebhaber auf, während sie seinen nackten Oberkörper streichelte. Sie kannte jeden Zentimeter seiner weichen Haut.

Mae Davenport hielt Russian Bill so eng umschlungen, wie sie nur konnte und seine Bewegungen warfen sie in einen Taumel der Leidenschaft. Sie rief seinen Namen, als ihre weibliche Lust über sie hinwegfegte. Mae war Russian Bill durch das Tor der Vergangenheit gefolgt, um seine versprochene Liebe zu spüren. Sie war mit ihm gegangen, um sich selbst wieder in seinen Armen zu finden, genauso, wie es schon einmal vor hundertvierzig Jahren der Fall gewesen war..

***

Draußen auf den Straßen Tombstones war es stockdunkel. Die Lichtkegel der Straßenlaternen erreichten den kostenfreien Parkplatz, auf dem Melissa immer parkte, wenn sie in die Stadt kam, nicht. Wie so oft war sie nach Tombstone gekommen, um Party zu machen und sich zu amüsieren.

„Ich habe zu viel von diesem verfluchten Tequila getrunken", murmelte Melissa und lallte dabei, während sie den Gehweg entlang stolperte.

Sie liebte die Karaoke Abende im Doc Holliday Saloon und der Typ, der das Karaoke Equipment bediente, war ganz süß nach ein paar Drinks. Sie kicherte bei dem Gedanken. Es war offensichtlich, dass sie angetrunken war.

Sie ließ die Autoschlüssel fallen, als sie versuchte, die Türe aufzuschließen. So stand sie am Rande des Parkplatzes hinter dem Bird Cage Theater und fluchte schlimmer als ein alter Matrose. Keine anständige Frau hätte sich je so aufgeführt.

Sie bückte sich und verlor dabei beinahe die Balance auf ihren hochhackigen Schuhen. Immerhin bekam sie ihren Schlüsselbund zu greifen und fummelte mit den Schlüsseln an der Fahrertüre rum, als sie plötzlich seine Stimme hörte.

„Ein Silberdollar sollte genug für dich sein, kleines Vögelchen."

Sie drehte sich um, sah aber niemanden. Melissa zuckte

mit den Schultern und versuchte abermals ihre Fahrertüre aufzuschließen. Plötzlich vernahm sie die Stimme direkt neben ihr. „Ein Silberdollar ist genug für dich, mein verdorbenes Täubchen!"

Ihr Herz klopfte wie wild in ihrer Brust und sie verfiel in Panik. Wäre es nicht so finster gewesen, hätte sie vielleicht den dunklen Schatten eines Mannes mit schwarzen, gefährlich glitzernden Augen und einem blutigen Handabdruck auf seiner Wange gesehen.

Aber es war eine kohlrabenschwarze Nacht, denn der Mond versteckte sich hinter den Regenwolken, die bedrohlich über der Stadt hingen. Niemand sah Hutchinson. Eine alte, verwitterte Holztüre öffnete sich an der Rückseite des alten Gebäudes.

Kein Mensch in der Stadt hörte Melissas Schreie, als Hutchinson sie durch die kleine Türe zog. Niemand wurde Zeuge wie sie verschwand und kein Mensch sah, wie sich die Türe in Luft auflöste, nachdem sie mit einem unheimlichen Knarren wieder ins Schloss gefallen war. Melissa kehrte nie nach dieser kalten, regnerischen Nacht von ihrem Ausflug nach Tombstone zurück. Aber es vermisste sie auch keiner.

Sie hatte keine Familie und auch keine feste Beziehung. Der Mann, der mit ihr unzählige Tequila Shots gekippt hatte, würde sicherlich nicht nach ihr suchen.

Und so lebt das einst so berühmte Bird Cage Theater als verruchtestes Bordell und Tingeltangel Theater des Südwestens heimlich weiter.

ANERKENNUNGEN DER AUTORIN

***

Ich widme dieses Buch den gefallenen Engeln von Tombstones Rotlichtbezirk und dem außergewöhnlichen Bird Cage Theater.

Die Frauen von fragwürdiger Moral und ihre zahlenden Kunden, sowie die hart arbeitenden Minenarbeiter spielten eine führende Rolle in der Entwicklung der Stadt Tombstone während ihrer Blütezeit.

Ohne diese wagemutigen Pioniere wäre aus Tombstone niemals die Stadt des größten Silberbooms geworden und hätte nie solch illustre Charaktere wie die Earp Brüder, Doc Holliday oder andere berühmte Persönlichkeiten in diese Gegend gelockt.

In jenen Zeiten gab es nur sehr beschränkte Möglichkeiten für eine Frau ihren eigenen Lebensunterhalt zu verdienen, speziell wenn diese verwitwet oder geschieden war. Manchmal wurde eine Frau schlichtweg aus dem Haus geworfen oder ihr Ehegatte verlor sein gesamtes Hab und Gut inklusive seiner Frau in einem unglückseligen Pokerspiel.

Die Arbeit in einer Wäscherei war eine Möglichkeit Geld zu verdienen, war aber sehr schlecht bezahlt. Diese Tätigkeit war zudem äußerst anstrengend. Die einzige Alternative war die Prostitution.

Die Frauen wurden oft in das älteste Gewerbe der Welt gezwungen. Man nannte sie auch Calico Königinnen, vermutlich in Anlehnung an ihre freizügige Kleidung aus einem bestimmten Baumwollmaterial.

Einige der Frauen entschlossen sich aber tatsächlich freiwillig zu einem Leben als gefallener Engel, denn dieses hatte Potential ein hohes Einkommen zu sichern. Die Frauen waren in allen Pioniergegenden stark in der Unterzahl. Manchmal war die Bevölkerung einer `Boomtown´ so ungleichmäßig aufgeteilt, dass bis zu fünfzig Männer auf eine Frau kamen.

Leider war die Gefahr eine tödliche Krankheit wie z.B. Syphilis aufzuschnappen oder von einem brutalen Liebhaber umgebracht zu werden relativ groß.

Die Stadtverwaltung von Tombstone verdiente ein Vermögen mit den Frauen fragwürdiger Moral, da jede von ihnen eine Lizenzgebühr an die Stadt bezahlen musste. Man könnte also sagen, dass die befleckten Täubchen einen größeren Anteil von Tombstone aufgebaut haben als so mancher Pistolenheld oder Cowboy.

Die meisten der Bordelle wurden von einer sogenannten Madame geführt. Sie behielt fünfzig Prozent der von den Männern bezahlten Umsätze ein. Aber die Bordelle wurden auch oft in ein Notkrankenhaus umgewandelt, wenn eine Pandemie in einer Stadt tobte.

Die sogenannten `puren´ Frauen der Gesellschaft feindeten die gefallenen Engel stets an. Seltsamerweise war aber deren, in Sünde verdientes Geld, immer als Spenden willkommen. So stammte zum Beispiel der größte Anteil der Spendengelder für den Bau der Kirche von Tombstone von den leichten Mädchen des Rotlichtbezirks der Sixth Street.

Man vermutet das Tombstone zu seiner Blütezeit über hundertzehn registrierte Saloons und vierzehn Spielhallen hatte. Das Gerücht, dass über Tausend Prostituierte ihrem Gewerbe während der Hochkonjunktur des Minengeschäfts nachgingen, hält sich hartnäckig. Eine exakte Zahl lässt sich heute nicht mehr bestätigen, aber Hunderte von den entsprechenden Lizenzen, die man in Stadtarchiven gefunden hat, lassen die Anzahl wohl erahnen.

So fand man wohl auch eine Lizenz, ausgestellt auf den Namen Josephine Markus und unterschrieben von einem gewissen Wyatt Earp. Natürlich könnte es sich auch um eine Fälschung handeln. Fakt ist, dass die Lady später unter dem Nachnamen ihres Ehegatten, Josephine Marcus Earp, bekannt war. Sie hatte den Rest ihres Lebens stets versucht ihre zwielichtige Vergangenheit in Tombstone zu verheimlichen.

Der Preis für die speziellen Dienste eines gefallenen Engels variierten stark von 0,50 Cent bis zu über $ 20 in purem Silber oder Goldmünzen. Diese Summe war für damalige Verhältnisse ungeheuerlich. Den Preis bestimmte Rasse, Schönheit, Bildung und eine gewisse Schlauheit.

Die Frauen, die in diesem Buch als gefallene Engel eine Rolle spielen, sind tatsächlich ihrem Gewerbe im berühmten Bird Cage Theater nachgegangen.

Mae Davenport

Mae kam in die Stadt mit einer Varieté Truppe wie so viele andere Frauen ihrer Art. Sie entschloss sich kurzerhand dazu, in Tombstone zu bleiben und im Bird Cage weiter als Prostituierte und Sängerin zu arbeiten. Es gibt nur eine bekannte schwarz-weiß Fotografie von ihr, die sie in einer Art 1880er Version von Rüschen-Hotpants und geschnürten Ballettschuhen zeigt. Sie war eine hübsche, schlanke Frau mit dunklem, lockigem Haar. Eine Kopie ihrer Prostitutionslizenz der Stadt hängt noch immer neben ihrem Portrait im Bird Cage Museum.

Sie sparte das Geld, welches sie in Tombstone verdient hatte und gründete später ihr eigenes Bordell in einer mexikanischen Stadt namens Cananea. Viele der leichten Mädchen von Tombstone folgten ihr und arbeiteten für Mae Davenport.

LIZETTE „DIE FLIEGENDE NYMPHE"

Lizettes Nachname und ihre Herkunft sind unbekannt. Sie bekam ihren Spitznamen wegen der Trapez Nummer, die sie im Theater aufführte. Dabei schien es, als ob sie frei durch die Luft fliegen würde, denn sie war nur an einem dünnen Stahlseil, das an einem Gurt unter ihrem Kostüm befestigt und für das Publikum nicht sichtbar war, gesichert. Sie nutzte diese Nummer hauptsächlich dazu, um mehr zahlungswillige Männer in ihr Bett zu locken. Ursprünglich kam sie mit der Monarch Zirkus Kompanie nach Tombstone und auch sie entschloss sich dazu zu bleiben.

Es dauerte nicht lange und sie entwickelte eine starke Depression und verfiel der Alkoholsucht. Es wird gesagt, dass sie an einer Opiumüberdosis verstarb. Sie war eine außergewöhnliche Schönheit mit langem, gelocktem Haar, das die Farbe von Kupfer hatte. Es gibt Bilder von ihr in verschiedenen Büchern.

Crazy Anne

Der Charakter für diese Person wurde inspiriert von einer Prostituierten namens Dutch Annie, die tatsächlich einer von Tombstones gefallenen Engeln war. Allerdings war sie auch eine sehr erfolgreiche Madame, die eines der bekanntesten Bordelle der Stadt führte. Sie war die heimliche Königin des Rotlichtdistrikts und allseits sehr beliebt.

Dutch Annie war dafür bekannt, sehr intelligent, freundlich und hübsch zu sein. Als diese außergewöhnliche und sehr beliebte Bordell Managerin starb, folgte der größte Teil der Einwohner von Tombstone ihrem Sarg zum Boot Hill Friedhof, wo sie begraben ist.

Ihr richtiger Name bleibt ein Geheimnis der Vergangenheit. Ein Bild von ihr findet man in den Büchern `Hells Belles´ und `Behind the Red Lights´ von Ben E. Traywick.

RUSSIAN BILL

Russian Bill kam zirka Mitte 1870 nach Arizona. Er hatte langes, dunkelblondes, gewelltes Haar und einen gepflegten Schnauzer. Beides verstärkte noch sein attraktives Aussehen. Er war immer makellos gekleidet und sehr beliebt unter den Frauen des Bird Cage Theaters.

Er behauptete stets der Sohn einer reichen, russischen Gräfin zu sein und erzählte den Leuten, dass er Offizier in der Armee des Zaren gewesen war, bis er fliehen musste. Ein tätlicher Angriff gegen seinen Vorgesetzten Offizier war ihm zum Verhängnis geworden.

Dank dieser Geschichte bekam er seinen Spitznamen Russen Bill, aber sein wahrer Name war William Tattenbaum, ein deutscher Name. Deutsche Adlige hatten zum damaligen Zeitpunkt tatsächlich eine Verbindung zum Hof des Zaren.

Russian Bill war sehr gebildet und sprach vier Sprachen fließend. Der russische Adlige konnte außergewöhnliche Konversation über Wissenschaft, Literatur, Kunst und weitere interessante Themen führen. Man stieß auf Spuren, dass er wirklich mit Curly Bill, Johnny Ringo, und

Ike Clanton während seiner Zeit in Tombstone befreundet gewesen war.

Er wollte ein Outlaw wie sie sein und ritt das ein oder andere Mal mit ihnen, wurde aber nie ernst genommen. Irgendwann verließ er Tombstone und tat sich mit einem anderen Vagabunden namens Sandy King zusammen. Sie zogen nach Shakespeare, New Mexico. Eines Tages schoss King auf einen Ladenbesitzer und verletzte diesen schwer. Russian Bill war an jenem Tag gar nicht in der Stadt. Dennoch bildete sich ein zorniger Mob, der beide gefangen nahm und erhängte. Anhand der Stadtarchive ist belegt, dass Russian Bill um sein Leben gebettelt hat. Von King wird behauptet, dass er nur um ein Glas Wasser bat, nachdem er den ganzen Tag versucht hatte, sich aus der Misere herauszureden und seine Kehle davon ganz trocken gewesen wäre.

Man ließ die Leichen tagelang als Warnung für andere Verbrecher am Stadtrand hängen. Die Stadtbewohner von Shakespeare machten damit klar, dass sie gesetzeswidriges Verhalten nicht dulden würden.

Als die Bewohner von Tombstone vom Schicksal Russian Bills erfuhren, tat er ihnen leid. Schließlich hatten sie immer seine Manieren, Gesellschaft und Reichtum genossen.

Zwei Jahre nach dem Vorfall traf ein Gentleman, der die russische Gräfin Telfrin vertrat, in Tombstone ein. Sie war tatsächlich die Mutter von Russian Bill und der Mann hatte den Auftrag, William Tattenbaum, ihren lang verlorenen Sohn, zu finden.

Man schickte eine Nachricht zurück nach Russland, dass der Mann an der Tuberkulose gestorben war. Niemand wagte es dem Detektiv die Wahrheit über Russian Bills Hinrichtung in Shakespeare, New Mexico zu verraten.

Was den Zusammenhang zwischen Russian Bill und dem Bird Cage betrifft, so entspricht es laut Eigentümer einer Tatsache, dass er in dem Etablissement für einige Monate seine eigene Pokerloge gemietet hatte. Er zahlte täglich eine ungeheuerlich hohe Summe in purem Silber an den Besitzer namens Hutchinson. Sein Poker Stammplatz kann noch heute im Bird Cage Museum betrachtet werden.

Curly Bill Brocius

Nicht nur war William „Curly Bill" Brocius der Anführer der Bande der berüchtigten Tombstone Cowboys, sondern auch ein Geldeintreiber der Steuern in Tombstone. Sheriff Johnny Behan hatte ihn dafür angestellt.

Curly Bill hatte unberechenbare Launen, speziell wenn er betrunken war. Er benutzte öfters seine Pistolen, um den Leuten seine verrückten Ansichten aufzuzwingen. Ein Beispiel dafür ist, dass er unter Beschuss einen Priester dazu brachte, während seines Gottesdienstes zu tanzen.

Am 28. Oktober 1880 erschoss Brocius den allseits beliebten Marshal Fred White in Tombstone. Er behauptete, dass sich der Schuss versehentlich aus seiner Waffe gelöst hatte. Brocius hatte Angst, dass ihn die Leute in der Stadt lynchen würden. Der schwer verletzte Marshal White selbst bezeugte, dass Curly Bill Brocius ihn nicht absichtlich angeschossen hätte. Curly Bill wurde begnadigt. White starb zwei Tage danach.

Es gab nie klare Beweise, dass Curly Bill am tödlichen Attentat auf Morgan Earp beteiligt gewesen war. Dennoch war Wyatt und seine Verbündeten von seiner Schuld überzeugt. Wyatt traf am 24. März 1882 bei Iron Springs auf Curly Bill. Er erschoss Brocius mit Schrotmunition, die seinen Unterleib fast vom Torso trennte.

NELLIE CASHMAN

Nellie war eine attraktive Irin, die kurz nach den Earp Brüdern 1880 in Tombstone eintraf. Sie eröffnete ein Restaurant und Pension und nannte das Lokal `The Russ House´. Sie verkaufte ihre Mahlzeiten für 0,50 Cent. Immer sammelte sie Geld für wohltätige Zwecke und für die Bedürftigen. Sie war eine praktizierende Katholikin und überzeugte die Besitzer des Crystal Palace Saloon, inklusive Wyatt Earp davon, dort jeden Sonntag eine Messe stattfinden zu lassen, bis die Kirche in Tombstone fertig gebaut war. Sie half den kranken Minenarbeitern und sie nannten sie liebevoll Engel des Camps.

Später folgte sie dem Goldrausch in die nördlichen Territorien und zog die fünf Kinder ihrer Schwester auf, nachdem diese der Tuberkulose zum Opfer gefallen war. Nellie Cashman starb 1925 in British Columbia, Kanada.

THE BIRD CAGE THEATER

Das berühmte Etablissement war weit über die Grenzen von Arizona bekannt. Sogar in manchen Städten der Ostküste hatte man vom Bird Cage Theater gehört.

Als Hutchinson, der Besitzer, die Türen des Theaters am 26. Dezember 1881 das erste Mal öffnete, war sofort klar, dass sie vierundzwanzig Stunden und sieben Tage die Woche geöffnet haben würden.

Bald wurde das Haus zu einer Legende des Westens. Es entspricht der Tatsache, dass die gefallenen Engel das Bird Cage als ihr bevorzugtes Arbeitsrevier bevölkerten. Sie boten den männlichen Gästen nicht nur Getränke, sondern auch jegliches andere Vergnügen an. Über der Bühne befanden sich vierzehn sogenannte `Cribs´, welche spärlich möblierte Logen mit einem schmalen Bett waren.

Die Prostituierten, die darin in freizügiger, oftmals mit Federn verzierter Kleidung ihre Dienste anboten, erinnerten stark an Vögel und die Logen an goldene Käfige. Daher der Name Bird Cage (Vogelkäfig).

Zwei größere Bordell Zimmer im Untergeschoss vermitteln ebenfalls einen klaren Eindruck der sündhaften Vergangenheit des Gebäudes.

Das am längsten dauernde Pokerspiel der Pionierzeit fand in jenem Souterrain des Bird Cage Theaters statt. Die Legende besagt, dass es acht Jahre, fünf Monate und drei Tage andauerte, ohne jemals unterbrochen zu werden. Daher konnte auch der Holzboden unter dem Tisch nie vollständig verlegt werden, da niemand das Spiel für Schreinerarbeiten unterbrechen wollte. Die Summe, die es kostete am Spiel teilnehmen zu können und das Vermögen, dass dabei den Besitzer wechselte, könnte man heute mit den Dimensionen von Las Vegas vergleichen.

In dem Gebäude befinden sich zirka hundertvierzig Einschusslöcher und es gibt Dokumente, die von sechsundzwanzig Menschen, die ihr Leben in dem verruchten Theater verloren haben, berichten. Man bekommt also einen Eindruck, wie gefährlich das Leben in einem Schürfer Camp gewesen sein musste. Das Theater bzw. Bordell wurde 1889 geschlossen.

Die Geschichte des Gebäudes ist außergewöhnlich. Heutzutage ist das Bird Cage eines der bekanntesten und spannendsten Museen im Südwesten der USA. Viele der ausgestellten Gegenstände und Artefakte vermitteln ein klares Bild über das Leben und die Strapazen in Tombstones Vergangenheit.

Mittlerweile kann man im Bird Cage Theater abends auch sogenannte Geistertouren buchen und dies aus gutem Grund. Viele Besucher aus allen Bundesstaaten haben bereits paranormale Aktivitäten beobachten können und diese teilweise sogar auf Fotos gebannt.

Bereits in den 50er Jahren, als das Theater noch immer geschlossen war, haben Bewohner der Stadt von seltsamen Begebenheiten berichtet, die sich nachts abspielten. So gibt es z.B. mehrere Berichte über nächtliche Klaviermusik in dem Gebäude. Speziell der Bereich um die Beerdigungskutsche scheint an manchen Tagen paranormal sehr aktiv zu sein.

So verwundert es nicht, dass namhafte Fernsehproduktionen und Serien, die sich mit diesem Thema befassen, bereits Untersuchungen und Shows in dem Gebäude gefilmt haben. Zeugen berichteten unter anderem von seltsamen Lichtern, Saloon Musik, plötzlich auftauchender Parfümduft, das Lachen von Frauen und transparenten Schatten, die über die Wände huschen.

Für mich wird das Bird Cage Theater immer einer der inspirierenden Orte des Westens sein. Selbst nach zahllosen Besuchen als Tourist und als Western Autorin werde ich niemals müde, durch die Räume zu schlendern und entdecke immer wieder Neues. Es ist ein absolutes Muss und sollte bei keinem Tombstone Trip fehlen.

The Black Moriah

Die Beerdigungskutsche auch bekannt als „Black Moriah" war für viele Bewohner der Stadt während des Silberbooms das allerletzte Fortbewegungsmittel. Sie ist ein wertvoller Zeitzeuge. Nicht nur wegen der Blattgold- und Silberverzierungen, sondern auch wegen ihrem historischen Wert wurde sie laut der Besitzerfamilie des Bird Cage Theaters von der Versicherung mit einem zirka Wert von zwei Millionen Dollar eingeschätzt.

ÜBER DIE AUTORIN

***

Es mag einige Leser überraschen, dass Manuela Schneider, obwohl in Deutschland geboren und aufgewachsen,
eine große Passion für die Geschichte der amerikanischen
Ureinwohner und des `Wilden Westens´ entwickelt hat.
Aber die Faszination für das Leben der Pioniere, Cowboy
Helden und heimtückische Outlaws hat sie so lange, wie
sie sich erinnern kann durch ihr Leben begleitet.

Schneider erinnert sich oft daran, wie gefesselt sie von
amerikanischen TV-Serien wie Rauchende Colts, Unsere
kleine Farm oder Bonanza war.

Als Erwachsene vertiefte Schneider ihr Interesse für
den amerikanischen Westen mit zahlreichen Reisen in die
U.S.A., wo sie historische Monumente und Städte wie
Tombstone, Monument Valley, Santa Fe und Kanab, Utah
besuchte. Nachdem sie die landschaftlich wilde Schönheit
des Südwestens selbst erlebt hatte, wuchs der Wunsch in
ihr noch mehr, Bücher über Kampf, Liebe und Überleben
im wilden Westen zu schreiben.

Nachdem sie eine erfolgreiche Karriere als Motorrad-
bekleidungsdesigner für den europäischen Markt beendet

hatte, schrieb Schneider ihren ersten Western Roman im Jahr 2017. Bis zum heutigen Tag hat Schneider drei Bücher geschrieben, die allesamt starke weibliche Figuren im Kampf gegen Not, mysteriöse Vorkommnisse und Täuschung beinhalten, während diese nach wahrer Liebe und einem besseren Leben suchen. Diese dynamische Autorin bezieht ihre Energie und Inspiration von den starken Pionierfrauen der Vergangenheit und kreiert daraus fesselnde Sagen, die den Leser neugierig machen, ob und wie die Geschichte weiter geht. Ja, die Geschichten gehen weiter, zwei weitere Bücher entstehen bereits.

www.ingramcontent.com/pod-product-compliance
Lightning Source LLC
Chambersburg PA
CBHW011442170626
46807CB00009B/3269